站在巨人的肩上
Standing on the Shoulders of Giants

数＋学＝（女×孩）的
秘密笔记 微分篇

［日］结城 浩 ◇ 著
卫宫纮 ◇ 译 洪万生 ◇ 审

人民邮电出版社
北京

图书在版编目（CIP）数据

数学女孩的秘密笔记.微分篇 /（日）结城浩著；
卫宫纮译. -- 北京：人民邮电出版社，2024.1
（图灵新知）
ISBN 978-7-115-63322-4

Ⅰ.①数… Ⅱ.①结… ②卫… Ⅲ.①长篇小说一日
本一现代 Ⅳ.①I313.45

中国国家版本馆CIP数据核字(2023)第233119号

内 容 提 要

"数学女孩"系列以小说的形式展开，重点讲述一群年轻人探寻数学之美的故事，内容深入浅出，讲解十分精妙，被称为"绝赞的数学科普书"。"数学女孩的秘密笔记"是"数学女孩"的延伸系列。作者结城浩收集了互联网上读者针对"数学女孩"系列提出的问题，整理成篇，以人物对话和练习题的形式，生动巧妙地解说各种数学概念。主人公"我"是一名高中男生，喜欢数学，兴趣是讨论计算公式，经常独自在书桌前思考数学问题。进入高中后，"我"先后结识了一群好友。几个年轻人一起在数学的世界中畅游。本书非常适合对数学感兴趣的初高中生及成人阅读。

◆ 著　　　　　　[日] 结城浩
　　译　　　　　　卫宫纮
　　审　　　　　　洪万生
　　责任编辑　　　魏勇俊
　　责任印制　　　胡　南
◆ 人民邮电出版社出版发行　　北京市丰台区成寿寺路11号
　　邮编　100164　　电子邮件　315@ptpress.com.cn
　　网址　https://www.ptpress.com.cn
　　三河市君旺印务有限公司印刷
◆ 开本：880×1230　1/32
　　印张：7　　　　　　　　　　2024年1月第1版
　　字数：132千字　　　　　　2024年1月河北第1次印刷
　　著作权合同登记号　图字：01-2021-3523号

定价：59.80元
读者服务热线：(010)84084456-6009　印装质量热线：(010)81055316
反盗版热线：(010)81055315
广告经营许可证：京东市监广登字20170147号

序章

什么东西是不变的？

从久远的过去到永恒的未来，什么东西是不会变化的呢？

不变化，变化。变化？

什么东西是会变化的呢？

从久远的过去到永恒的未来，什么东西在持续改变呢？

改变，变化，尽其所能地变化吧！

不论是永久不变还是持续改变，

为什么能笃定那就是永恒呢？

我们并非来自久远的过去，

也不拥有永恒的未来。

找出变化吧！

不变的事物产生了变化。

改变的事物停止了变化。

别错过了这个瞬间。

捕捉变化。

捕捉变化的变化。

捕捉变化的变化的变化吧！

不变化者，会改变吗？

自行车、汽车、弹簧、摆锤。

位置、速度、加速度。

来吧！捕捉变化！

运用微分，捕捉变化吧！

献给你

本书将由由梨、蒂蒂、米尔迦与"我",展开一连串的数学对话。

在阅读中,若有理不清来龙去脉的故事情节,或看不懂的数学公式,你可以跳过去继续阅读,但是务必详读他们的对话,不要跳过。

用心倾听,你也能加入这场数学对话。

编者注

本书中图片因原图无法编辑,为防止重新绘制出错,故图中变量正斜体问题不做修改。

登场人物介绍

我

高中二年级，本书的叙述者。

喜欢数学，尤其是数学公式。

由梨

初中二年级，"我"的表妹。

总是绑着栗色马尾，喜欢逻辑。

蒂蒂

本名为蒂德拉，高中一年级，精力充沛的"元气少女"。

留着俏丽短发，闪亮的大眼睛是她吸引人的特点。

米尔迦

高中二年级，数学才女，能言善辩。

留着一头乌黑亮丽的秀发，戴金属框眼镜。

妈妈

"我"的妈妈。

瑞谷老师

学校图书室的管理员。

目录

第 1 章

位置的变化

"你能看出位置吗?"

1.1　启程

由梨:"哥哥,微分是什么?"

我:"啊?"

　　表妹由梨是个初中生,她假日的时候总是赖在我的房间。我们从小就在一起玩,她总是称呼我"哥哥"。今天,她突然提出疑问。

由梨:"微分是什么?"

我:"微分?"

由梨:"赶快告诉我什么是微分吧!"

我:"初中不会留微分的作业吧?"

由梨:"这跟作业没有关系。"

我:"我知道了,你又在和朋友比赛了吧!"

　　由梨有个喜欢数学的朋友,他们会相互出题考对方,有时会出困难的数学概念。

由梨: "你不要问东问西啦! 用一句话说明给我听, 微分是什么。"

我: "微分是没有办法用一句话说明的, 由梨。"

由梨: "不, 哥哥一定做得到, 你只是还没有看清自己的潜力。"

我: "你这是经验丰富的导师的口气。"

由梨: "你赶快告诉我微分是什么啦!"

我: "勉强用一句话概括……微分就是求'瞬间的变化率'。"

由梨: "瞬间的变化率……哥哥, 谢谢, 你还是不要说明好了。"

我: "等一下!"

我挽留作势转身离去的由梨。

由梨: "你只说'瞬间的变化率', 我怎么能理解?"

我: "由梨, 听好了。你没办法理解, 是因为你想要'用一句话说明'。"

由梨: "嗯?"

我: "微分是高中数学的概念, 它并不难, 但也不是在没有任何背景知识的情况下, 能够马上理解的概念。只要循序渐进地学习, 由梨就一定能够理解。还需要我说明吗?"

由梨: "高中的数学概念不会很难吗? 真的?"

我: "真的, 由梨也能够掌握什么是微分。你听完我慢慢讲完后一定会说'什么嘛, 只是这样吗'。"

由梨: "我才不会那么狂妄自大呢! 那么, 你还不快点循序渐进地教我!"

我:"……"

我们的"微分学习之旅"就此展开。

1.2　位置

我:"我们开始讲微分吧!"

由梨:"嗯!"

我:"如同刚才所讲的,微分是求'瞬间的变化率',所以我以'变化的事物'为例说明。"

由梨:"变化的事物?"

我:"例如,有一个点在直线上移动。"

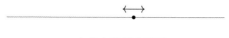

一个点在直线上移动

由梨:"点?"

我:"没错。你可以把'变化的事物'想象成汽车,也可以想象成行人,但这里要简单一点,把它想象成一个点。"

由梨:"嗯!"

我:"我们将这个点称为 P。"

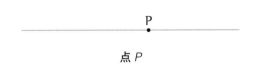

点 P

由梨："为什么要这样称呼？"

我："因为没有名字不好说明，而且点的英文是 point，所以就取首字母命名为点 P。"

由梨："这样啊。然后呢？"

我："虽然点 P 的确在直线上移动，但若直线上没有任何标记，我们就没有办法说明点的位置。所以，我们用数字来标示刻度。这就是表示点 P 位置的数轴。"

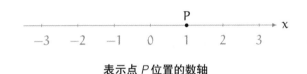

表示点 P 位置的数轴

由梨："嗯，了解了。"

我："这样就能表示点 P 的位置了。现在，点 P 的位置是 1。"

由梨："对。"

我："我们将点 P 的位置称为 x 吧。"

由梨："哥哥，你很喜欢命名啊。"

我："如此一来，我们就可以将点 P 的位置表示成 $x=1$，相当便利。"

由梨："我了解了，老师。"

我："我来考你一个问题吧。"

由梨："问题?"

我："这个点 P 移动时，你认为点 P 的'什么'会发生变化?"

> **问题**
>
> 点 P 移动时，点 P 的"什么"会发生变化?

由梨："咦……我不理解问题的意思。"

我："不理解吗?"

由梨："'什么'会发生变化? 这是什么意思? 我不知道你在问什么。"

我："这样啊，你能想象点 P 移动的样子吗?"

由梨："当然能够想象了!"

我："点 P 移动时，有个东西会变化，那是什么东西呢?"

由梨："发生变化的东西……不就是点 P 所在的地方吗?"

我："发生变化的不是点 P 的'地方'，而是'位置'，由梨。"

> **问题的答案**
>
> 点 P 移动时，点 P 的位置会发生变化。

由梨："这是什么答案啊! 地方和位置是同样的意思啊!"

我："刚才的问题是用来测试你有没有注意听我的说明。"

由梨："这是怎么一回事？"

我："在生活中，地方和位置的意义没有太大的差异，就像你说的，它们是同样的意思。但是，在数学上，最好养成严谨的表述习惯。"

由梨："咦？没有差多少吧？"

我："表面上看起来也许没有差多少，但这是非常重要的。表述不精准，最后可能会使你一头雾水。"

由梨："……是。"

我："当然，若是事先表明'将地方和位置视为相同的概念'，就可以把它们想成同样的意思。我要强调的是'必须注意每个字词的使用'。"

由梨："我知道啦。"

我："点 P 与位置的概念说明至此，接下来我要说明时刻。"

1.3 时刻

我："如同用数轴表示位置，时刻也是用数轴来表示。先定义某一时刻为 0，将过去设为负值、未来设为正值。时刻取 time 的首字母，命名为 t。"

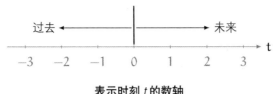

表示时刻 t 的数轴

由梨："为什么未来是正值呢?"

我："将过去和未来哪一边设成正值都可以，但一般会将未来设成正值。"

由梨："为什么呢?"

我："我想大概是因为时间的流逝给人往前迈进的感觉吧。"

由梨："嗯……"

我："不论是将过去还是未来设为正值，在数学上都行得通。但若不决定某一边为正值，就会造成混乱，所以清楚表示'以这个方向为正值'是非常重要的。"

由梨："我了解了。"

我："位置和时刻的讲解到此为止，简单吧?"

由梨："简单!"

1.4 变化

我："接下来，点 P 移动时，点 P 所在的地方会变化。"

由梨："才不是。"

我："嗯？"

由梨："变化的不是点 P 所在的地方，而是位置！"

我："啊，没错！抱歉抱歉。"

由梨："你是在测试我吧？"

我："不是，我只是不小心说错了。"

由梨："真的？不是故意的？"

我："真的。我们重来一次吧。点 P 移动时，点 P 的位置会变化。"

由梨："嗯！"

我："举例来说，假设点 P 位于'1 的位置'，经过一段时间后，它位于'4 的位置'。也就是说，点 P 的位置 x 从 1 变成 4。"

由梨："向右移动了 3。"

我："没错，这就是位置的变化。位置从 1 变成 4，'位置的变化'为 3。刚才你是怎么计算出'位置的变化'的？"

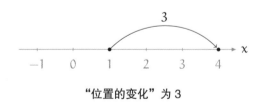

"位置的变化"为 3

由梨："将 4 与 1 相减。"

我："没错，将'变化后的位置'减去'变化前的位置'，4 减 1 得到 3，这就是'位置的变化'。"

位置的变化 ＝ 变化后的位置 － 变化前的位置

$$=4-1$$

$$=3$$

> **位置的变化**
>
> 　位置的变化 ＝ 变化后的位置 － 变化前的位置

由梨："变化后减去变化前啊!"

我："没错,这非常重要。"

由梨："哥哥,这一点都不难啊!"

我："这样不是很好吗? 接着,假设点 P 从 4 变成 1。"

由梨："往左返回 3。"

我："没错。这个时候的'位置的变化'是多少?"

由梨："嗯……是 -3 吗?"

我："没错。-3 是它的'位置的变化'。"

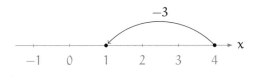

"位置的变化" 为 -3

$$位置的变化 = 变化后的位置 - 变化前的位置$$

$$= 1 - 4$$

$$= -3$$

由梨："好简单!"

我："'位置的变化'的求法一定是'变化后的位置'减去'变化前的位置'，和点 P 向左、向右移动没有关系。这点很重要。"

由梨："嗯嗯!"

我："点 P 向右移动时，其'位置的变化'为正值，向左移动时为负值。由'位置的变化'的正负值，我们就能知道点 P 的移动方向。"

由梨："嗯，没问题。"

我："讲到这里，你了解位置、时刻、位置的变化了吧？接下来终于要讲速度了!"

1.5 速度

由梨："速度?"

我："没错。现在我们要求点 P 的速度，观察动作的快慢，不过同样要考虑方向。刚才求点 P 位置的变化，我们没有考虑花了多少时间，但这次要将'时间'考虑进来。"

由梨："哦——"

我："你知道速度是什么吗?"

由梨："我当然知道啊!"

我："速度的定义是什么呢?"

由梨："定义是什么意思?"

我："定义是指用语言表达概念的严谨意义。由梨,不要明知故问。速度的定义是什么?"

由梨："什么嘛……嗯……速度的定义是快慢? 不对,是咻一声……我不知道啦!"

我："速度的定义是……"

速度的定义

$$速度 = \frac{变化后的位置 - 变化前的位置}{变化后的时刻 - 变化前的时刻}$$

由梨："怎么突然变得这么复杂?!"

我："你会觉得复杂是因为你想要马上理解式子。'举例为理解的试金石',我们举具体的例子来帮助理解吧!"

由梨："例子?"

1.6 速度的例子 1

我："举例来说，当时刻 $t=0$，点 P 的位置 $x=1$，经过一段时间后时刻 $t=1$，位置 $x=2$。时刻、位置皆变化了。"

例 1

变化前：时刻 $t=0$，点 P 的位置 $x=1$

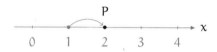

变化后：时刻 $t=1$，点 P 的位置 $x=2$

由梨："这就是你举的例子吗?"

我："没错，此时，我们就能由定义求出'速度'。"

$$\text{例 1 中的 } 速度 = \frac{\text{变化后的位置} - \text{变化前的位置}}{\text{变化后的时刻} - \text{变化前的时刻}}$$
$$= \frac{2-1}{1-0}$$
$$= 1$$

由梨："速度为 1。"

我："没错。"

1.7 速度的例子 2

我："假设时刻 $t=0$，点 P 的位置同样是 $x=1$，若时刻 $t=1$，点 P 的位置不是 $x=2$ 而是 $x=4$，则速度是多少?"

例 2

变化前：时刻 $t=0$，点 P 的位置 $x=1$

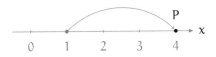

变化后：时刻 $t=1$，点 P 的位置 $x=4$

由梨："你是指'变化后的位置'变为 4 吗?"

我："对。"

$$例 2 中的速度 = \frac{变化后的位置 - 变化前的位置}{变化后的时刻 - 变化前的时刻}$$
$$= \frac{4-1}{1-0}$$
$$= 3$$

由梨："这次的'速度'是 3。"

我："没错。怎么样? 你了解速度的定义了吗?"

由梨："'变化后的位置'–'变化前的位置'越大，'速度'就越大。"

我："应该这样说考虑在某时刻，若点 P 位置的变化非常大，速度就会非常快。这就是速度的概念。"

由梨："这样解释有点复杂。意思是说位置大幅度变化，速度会比较快吧？"

我："差不多。由速度的定义可知，分子'变化后的位置'–'变化前的位置'就是'位置的变化'。"

由梨："嗯！"

我："而分母'变化后的时刻'–'变化前的时刻'可以说是'时间的变化'。'时间的变化'就是指'花费的时间'。"

由梨："那又怎样呢？"

我："所以，速度的定义也可以这么表示……"

速度的定义（另一种写法）

$$速度 = \frac{变化后的位置 - 变化前的位置}{变化后的时刻 - 变化前的时刻}$$
$$= \frac{位置的变化}{时间的变化}$$
$$= \frac{位置的变化}{花费的时间}$$

由梨："原来如此。"

我："'速度'并不是仅由'位置的变化'来决定。若变化花费的时间过长，位置的变化再大，速度也不会快。"

由梨："就像走得很远的乌龟吗?"

我："没错。相反，若花费的时间非常短，即使位置的变化不大，点 P 的速度也可能很快。"

由梨："就像快速飞舞的蜜蜂吗?"

我："没错。再看一次速度的定义，你会发现公式确实体现了这种现象。"

$$速度 = \frac{位置的变化}{时间的变化}$$

由梨："这样啊。因为位置的变化是分子，时间的变化是分母，所以……"

我："计算点 P 的移动速度，必须同时考虑时刻 t 和位置 x。"

由梨："嗯嗯!"

我："因为要同时考虑时刻 t 和位置 x，所以我们来画关系图吧!"

由梨："好!"

1.8 位置关系图

我："假设'位置关系图'如下所示，那么点 P 在做什么样的运动呢？"

> **问题**
>
> 若点 P 的运动如下面的位置关系图所示，则点 P 是在做什么样的运动呢？
>
>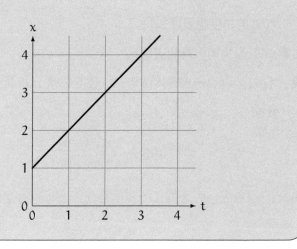

由梨："很简单啊。点 P 一直在移动！"

我："对，点 P 的确一直在移动。"

由梨："嗯！下一个问题！"

我："等一下！由梨，你没有发现其他事情吗？"

由梨："其他事情……当时刻 $t=0$，点 P 位于位置 1 吗？"

我："没错。时刻 $t=0$，位置 $x=1$。"

由梨："当 $t=1$，$x=2$；当 $t=2$，$x=3$……"

我："由图可知，点 P 的速度一直是 1。"

由梨："速度？"

我："'速度'是'位置的变化'除以'时间的变化'。仔细观察这
张关系图可知，时间从 1 变化成 3 时，位置 x 从 2 变化成 4。"

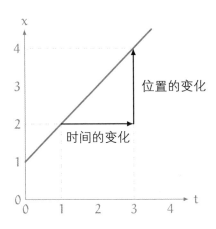

由梨："所以呢？"

我："也就是说，在这个'位置关系图'中，'时间的变化'是横
轴的变化，'位置的变化'是纵轴的变化。"

由梨："……"

我："此'位置关系图'中点 P 的'速度'是'位置的变化'除以
'时间的变化'，所以速度才会一直是 1。"

由梨："因为向右的移动量和向上的移动量相同吗？"

我："没错，就是这样。"

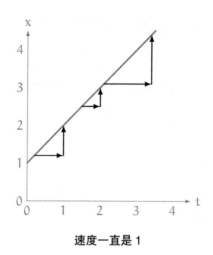

速度一直是 1

由梨："速度保持相同。"

我："我们称这样的运动为匀速运动，因为它以相同的速度运动。"

由梨："匀速运动……"

问题的答案

若点 P 的运动状态如下面的"位置关系图"所示，则点 P 为匀速运动，速度为 1。

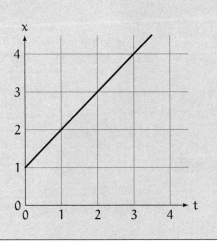

由梨："哥哥，这和你以前教的东西很像，就是比例的概念。"

我："没错。"

由梨："那个时候，我讲解了直线的斜率。斜率就是思考若在直线上向右移动 1，则同时向上移动多少。"

我："没错！直线的斜率就是点 P 的速度。"

由梨："嘿——"

我："下图展示了不同的'位置关系图'的斜率，由图可知，斜率大表示相同的时间变化里，位置的变化大，也就是速度快。下图为速度慢、速度适中、速度快的三种位置关系图。"

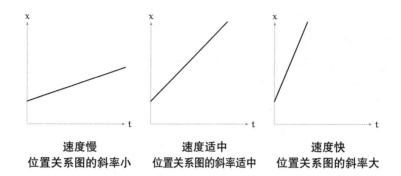

| 速度慢
位置关系图的斜率小 | 速度适中
位置关系图的斜率适中 | 速度快
位置关系图的斜率大 |

由梨："嗯。"

1.9　速度关系图

我："我们再假设一次点 P 做速度为 1 的匀速运动。请看下面的'位置关系图'。"

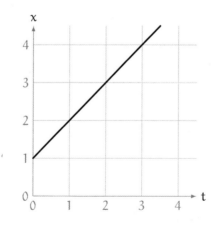

点 P 匀速运动的"位置关系图"（速度为 1）

由梨："嗯，速度一直是 1 呢!"

我："速度维持在 1 就是指，点 P 的'速度关系图'是 $v=1$ 的水平线。"

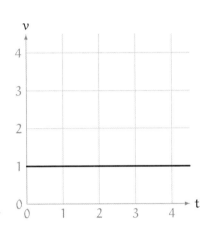

点 P 匀速运动的"速度关系图"（速度为 1）

由梨："这很合理啊，因为每个时刻的速度都是 1。"

我："虽然都是表示同一个点的同一种运动，但'位置关系图'和'速度关系图'的图形却不一样。"

由梨："嗯。"

我："速度关系图的纵轴为 v。"

由梨："我注意到 v 啦⋯⋯"

我："因为速度的英文是 velocity，所以取它的首字母来表示。"

由梨："咦? 速度不是 speed 吗?"

我："'速度'是 velocity，'速度的大小'才是 speed。速度包含了方向，速度的大小则没有方向。若点是在直线上移动，则‘速度’可能有正负值，但是‘速度的大小’不会有负值。”

由梨：“嗯……举例来说，‘速度’可以为 3 或 −3，但它们的‘速度的大小’都是 3 吗?”

我：“没错。你可以想一下汽车的仪表盘。仪表盘显示的不是‘速度’而是‘速度的大小’，跟汽车往哪个方向行驶没有关系。”

由梨：“原来如此。”

我：“‘速度的大小’在物理上称为‘速率’。虽然有点复杂，但你能够理解吧?”

由梨：“还可以。”

速度	即“位置的变化”除以“时间的变化” 包含方向 有可能是负值 英文为 velocity
速率	表示“速度的大小” 没有方向 不会出现负值 英文为 speed

1.10 微分

我：“接着我要直接讲解‘微分’。”

由梨："啊?"

我："从'位置关系图'求得'速度关系图',就是利用了微分。"

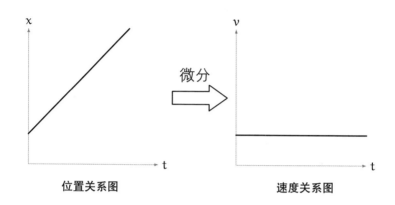

位置关系图　　　　　　　　　速度关系图

由梨："啊?怎么这么突然?!"

我："吓到了吧?"

由梨："嗯,吓到我了。"

我："'速度'是'位置的变化'除以'时间的变化'。换句话
说,相对于'时间的变化'发生了多少'位置的变化'就是
'速度'。"

$$速度 = \frac{位置的变化}{时间的变化}$$

由梨："嗯。"

我："我们一般把'发生了多少变化'称为'变化率'。'率'是比
例的意思。"

由梨："是'瞬间的变化率'。"

我："没错。我说过，勉强用一句话概括微分，就是求'瞬间的变化率'。对'位置关系图'做微分可以得到'速度关系图'。严格来讲是对时刻 t 做微分。"

由梨："对时刻 t 做微分……"

我："我们来比较一下刚才看过的三种运动吧！'位置关系图'的斜率越大，'速度关系图'的水平线就越高。"

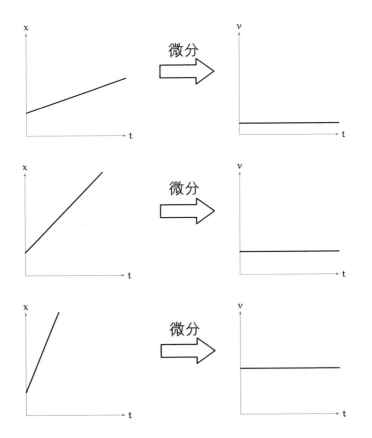

由梨:"……"

我:"一开始你可能会觉得有点混乱。"

由梨:"才不混乱呢!"

我:"是吗?"

由梨:"你看,'位置关系图'表示点的位置,'速度关系图'也很好懂。哥哥,微分就只是这样吗?从这个斜线求水平线根本不难,斜线越倾斜说明速度的大小越大。"

我:"这是因为匀速运动很简单,所以微分才不难。"

由梨:"简单?"

我:"匀速运动的速度是固定的,不管在什么时刻,速度都相等。"

由梨:"因为是匀速运动啊。"

我:"匀速运动的'位置关系图',斜率固定,图形呈直线。此时,'速度关系图'会是水平线,速度是固定的数值。这是很简单的运动,图形也很简单,但是若'速度'不固定,情况会是怎样呢?"

由梨:"你是指'时快时慢'的情况吗?"

我:"对,有时可能会停下来,有时可能会往反方向移动。"

由梨:"嗯——"

我:"这种复杂的运动,'位置关系图'不会呈直线。此时,'速度关系图'会呈现什么样的图形呢?虽然将'位置关系图'微分就能够得到'速度关系图',但若速度不固定,也就是速

　　度有变化，情况就不简单了。"

由梨："这样啊，速度有变化……"

我："微分好玩的地方就在这里！"

由梨："咦？"

我："让我们从'位置关系图'来看点的速度有所变化的情形吧！"

由梨："嗯！"

母亲："吃点心了！"

由梨："哥哥，我们吃完点心再继续吧！"

"你能够看出时刻吗？"

第 1 章的问题

这个问题不能用其他方式表达吗?

还有其他问法吗?

回归定义吧!

——乔治·波利亚 (George Pólya)

●问题 1-1(位置关系图)

下图为点 P 在直线上运动,时刻 t 与位置 x 的关系图如下。

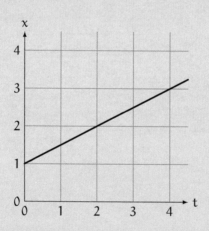

① 求时刻 $t=1$ 时的位置 x。

② 求位置 $x=3$ 时的时刻 t。

③ 设点 P 持续相同的运动,求位置 $x=100$ 时的时刻 t。

④ 画出点 P 的速度关系图。

(答案在第 178 页)

●问题 1-2（位置关系图）

下图为点 P 在直线上运动，时刻 t 与位置 x 的关系图如下。

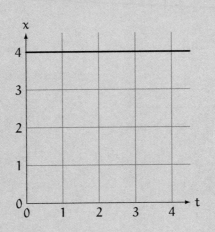

请画出点 P 的速度关系图。

（答案在第 181 页）

●问题 1-3（位置关系图）

下图为点 P 在直线上运动，时刻 t 与位置 x 的关系图如下。

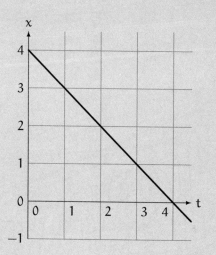

请画出点 P 的速度关系图。

（答案在第 182 页）

速度的变化

"公式和图形最大的不同是什么？"

2.1 语文和数学

我和表妹由梨在餐厅吃点心。点心是水果干与蔬菜干，有苹果、橘子、洋葱等切成薄片的干果。

由梨："这个真好吃，好像苹果口味的洋芋片。"

我："不对，它本来就是苹果，不是洋芋片。而且没有油炸，应该是高温干燥制成的吧。"

由梨："跟哥哥讲话好像在上语文课。"

我："咦！为什么？"

由梨："因为哥哥很讲究遣词用字。我说'好像洋芋片'，又不是说'是洋芋片'，没区别吧。再说，又不是所有的洋芋片都是油炸的。"

我："你说的没错。"

由梨："你刚才 ① 也是这样，'位置'、'时刻'、'速度'……斤斤计较！"

我："严谨地表述是很重要的，因为……"

由梨："哥哥，好奇怪！"

我："……怎么了？"

由梨："速度是物理概念，而微分是数学概念。这么一来，数学不就像物理的'语文'吗？"

我："由梨，你注意到了非常棒的细节。速度的概念的确属于物理学的领域。"

由梨："物理学？"

我："要具体表示物理学研究的各种现象，数学是非常重要的工具，微分也是其中的一种方法。"

由梨："为什么？"

我："因为微分是表示变化的很方便的工具。研究移动物体的'位置的变化'，我们会使用微分。由梨刚才说'数学像物理的语文'是对的。学校本来就是为了方便，才将学科分门别类。"

由梨："为了方便？"

我："分成各个科目，老师容易教学，学生也容易学习。所以，为了方便，学校会区分科目。"

---

① 参照第 1 章。

由梨："这样啊!"

我："利用数学,可以将时刻和位置等量的关系用公式来表示,而将两个量的关系用图形来表示便能一目了然它们是如何变化的。因此物理学的研究要善用数学的公式、图形等工具,是非常自然的事。"

由梨："原来如此,我理解了。"

我："我前面的说明就是倒过来的情形。"

由梨："倒过来?"

我："我并不是为了研究速度而使用微分,而是为了向由梨说明微分,才说明速度。"

由梨："速度的概念一点都不难。"

我："对。"

由梨："但是太简单了,没有挑战性。"

我："这是因为我们只考虑了固定速度的'匀速运动'。"

2.2　速度有所变化的运动

由梨："若不是匀速运动,速度就会改变吗?"

我："没错,我来举个简单的例子吧。点 P 在直线上运动的'位置关系图'如下图所示。"

位置关系图

假设点 P 在直线上运动，在时刻 t 的位置为 x，则 x 用 t 来表示的公式如下：

$$x = t^2$$

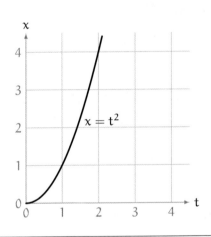

我："在时刻 t，点 P 位于位置 x，而我们将该位置 x 用时刻 t 表示成公式 $x=t^2$。"

由梨："速度好像会一下子变快。"

我："没错，这很重要。为了确认你有没有真的理解，我来出个问题。点 P 在时刻 $t=1$ 的位置 x 是多少？"

由梨："x 是 1。"

我："没错，因为关系式是 $x=t^2$，所以 $x=t^2=1^2=1$，曲线会经过

$(t, x) = (1, 1)$。"

由梨："哥哥，这个 $x = t^2$ 的式子，是在描述运动吗？"

我："没错。假设点 P 在时刻 t 会出现在 $x = t^2$ 的位置，就是假设点 P 做这样的运动的意思。"

由梨："只要将时刻平方就能知道位置。"

我："没错。那么，时刻 $t = 2$，位置 x 是多少？"

由梨："2 的平方是 4 呀，所以 $x = 4$。"

我："正确，$t = 2$，则 $x = t^2 = 2^2 = 4$。曲线会经过 $(t, x) = (2, 4)$。"

由梨："简单！"

我："这样一来，我们就知道：

- 时刻 t 从 1 变化成 2；
- 位置 x 从 1 变化成 4。

知道'时间的变化'和'位置的变化'，我们就能计算'速度'。而由速度的定义——"

由梨："套用速度的定义吗？让我来！"

求时刻从 1 变成 2 对应的速度

（时间的变化为 1）

$$速度 = \frac{位置的变化}{时间的变化}$$

$$= \frac{变化后的位置 - 变化前的位置}{变化后的时刻 - 变化前的时刻}$$

$$= \frac{2^2 - 1^2}{2 - 1}$$

$$= \frac{4 - 1}{2 - 1}$$

$$= \frac{3}{1}$$

$$= 3$$

由梨："所以速度是 3 吗？"

我："没错，你答对了。时刻从 1 变成 2 对应的速度是 3。"

由梨："简单。"

我："然而，这里有一个大问题。"

由梨："大问题？"

我："时刻为 1 时对应的速度是多少？"

由梨："刚才不是计算完了吗？速度是 3 啊。"

我："不对，你仔细想想。你刚才求的是时刻从 1 变成 2 对应的速度吧！"

由梨："没错。"

我："时刻从 1 变成 1.1 对应的速度也是 3 吗？"

由梨："咦？"

我："这个点 P 可能瞬间变快，也就是速度会变化呀。这样一来，即便时间的变化很小，速度还是会改变吧？"

由梨："当然有这个可能……但是知道时间的变化和位置的变化，就能计算速度吧？所以每次都算一下就好啦！"

我："问题就在这里。我们画速度关系图的时候，必须知道点 P 在时刻 t 的速度。"

由梨："所以啊，只要计算速度……"

我："但是，若时刻从 1 变成 2 对应的速度，和从 1 变成 1.1 对应的速度不同，在时刻 1 的速度到底要怎么计算呢？"

由梨："啊！你是指这个啊……咦？"

我："整理一下我们的想法吧。"

- 点 P 在时刻 t 的位置为 $x=t^2$。
- 计算时刻从 1 变成 2 对应的速度。
- 计算时刻从 1 变成 1.1 对应的速度。
- 那么，能够计算在时刻 1 的速度吗？

由梨："在时刻 1 的——瞬时速度？"

我："没错，由梨，我们想要求瞬间速度。如果想求在时刻 1 的瞬时速度、在时刻 2 的瞬时速度……一般会从先求在时刻 t 的瞬时速度开始，只要求出在时刻 t 的瞬时速度，就能画出速度关系图。"

由梨："没错……"

我："因此，这里必须做微分。当我们只知道点 P 在时刻 t 的位置，则求其在时刻 t 的瞬时速度，就必须依赖微分。因为微分是在求'瞬间的变化率'。"

由梨："嗯……我好像听懂了，又好像没听懂。"

我："以具体的例子来看，就会非常清楚。刚才我们计算时刻从 1 变成 2 对应的速度，也就是计算时间的变化为 1 的速度。因为要求瞬时速度，所以我们必须尽量缩小时间的变化，使它逼近 0。"

由梨："如果尽量缩小时间的变化，速度好像也会逼近 0 吧?"

我："真的会这样吗?"

2.3　时间的变化若为 0.1

由梨："接下来呢?"

我："我们来求时刻从 1 变成 1.1 对应的速度吧!"

由梨："这个也是依照速度的定义来计算吧?"

我："没错。套用 $x = t^2$，即可知道位置。"

求时刻从 1 变成 1.1 对应的速度

（时间的变化为 0.1）

$$速度 = \frac{位置的变化}{时间的变化}$$

$$= \frac{变化后的位置 - 变化前的位置}{变化后的时刻 - 变化前的时刻}$$

$$= \frac{1.1^2 - 1^2}{1.1 - 1} \qquad 代入 \, x = t^2，求变化前后的位置$$

$$= \frac{1.21 - 1}{1.1 - 1} \qquad 因为 \, 1.1^2 = 1.21$$

$$= \frac{0.21}{0.1}$$

$$= 2.1$$

由梨："前面计算的速度是 3，这次却变成 2.1……"

我："对，正如我们所料，即使时间的变化比较小，速度也会跟着变化。"

- 时刻从 1 变成 2，速度为 3。

  （时间的变化为 1）

- 时刻从 1 变成 1.1，速度为 2.1。

  （时间的变化为 0.1）

由梨："果然，时间的变化越来越小，速度最后就会变成 0 吧。"

我："为了验证这个猜测，我们可以动手计算，先继续算下去吧。"

由梨：“好。”

2.4　时间的变化若为 0.01

我：“接下来，试着将时间的变化改为 0.01。”

由梨：“就是时刻从 1 变成 1.01 吧！”

求时刻从 1 变化成 1.01 的速度

（时间的变化为 0.01）

$$速度 = \frac{位置的变化}{时间的变化}$$

$$= \frac{变化后的位置 - 变化前的位置}{变化后的时刻 - 变化前的时刻}$$

$$= \frac{1.01^2 - 1^2}{1.01 - 1}$$

$$= \frac{1.0201 - 1}{1.01 - 1} \quad 因为 \ 1.01^2 = 1.0201$$

$$= \frac{0.0201}{0.01}$$

$$= 2.01$$

我：“你没有计算错误吧？要特别注意位数哦。”

由梨：“没问题啦！速度是 2.01，速度果然变慢了。”

我：“来整理一下吧。”

- 时刻从 1 变成 2，速度为 3。

  （时间的变化为 1）

- 时刻从 1 变成 1.1，速度为 2.1。

  （时间的变化为 0.1）

- 时刻从 1 变成 1.01，速度为 2.01。

  （时间的变化为 0.01）

2.5　由梨的推测

由梨："哥哥，我有一个推测，若时间的变化为 0.001，速度是不是会变成 2.001 呢？"

我："你为什么会这么想呢？"

由梨："因为，如果时间的变化为 1 → 0.1 → 0.01，速度为 3 → 2.1 → 2.01，那么这其中暗藏规律吧？尤其是 2.1 和 2.01。"

时间的变化	1	0.1	0.01	···
速度	3	2.1	2.01	···

我："3 的地方看不出规律吗？"

由梨："嗯······哥哥看得出规律吗？"

我："我看得出来哦，将表格这样写就能看出来了！"

时间的变化	1	0.1	0.01	⋯
速度	2+1	2+0.1	2+0.01	⋯

由梨:"3=2+1,原来如此!"

2.6　时间的变化若为 0.001

我:"那么我们赶紧来计算时间变化为 0.001 的情形吧。"

由梨:"速度应该会变成 2.001 吧!葛格!"

我:"你都几岁了,还装可爱。"

求时间从 1 变成 1.001 对应的速度。

(时间的变化为 0.001)

$$\begin{aligned}
速度 &= \frac{位置的变化}{时间的变化} \\
&= \frac{变化后的位置-变化前的位置}{变化后的时刻-变化前的时刻} \\
&= \frac{1.001^2 - 1^2}{1.001 - 1} \\
&= \frac{1.002001 - 1}{1.001 - 1} \quad 因为 \; 1.001^2 = 1.002001 \\
&= \frac{0.002001}{0.001} \\
&= 2.001
\end{aligned}$$

由梨："看吧！看吧！是 2.001！"

我："没错。就像由梨说的，速度会变成 2.001。"

时间的变化	1	0.1	0.01	0.001	⋯
速度	3	2.1	2.01	2.001	⋯

由梨："果然不出我所料！若时间的变化为 0.0001，则速度为 2.0001。"

我："我们设时间的变化为 h 吧。"

由梨："咦？"

我："你是想通过具体的数来验证你的推测。但数字有无限多个，这样算下去会没完没了，所以我们要导入代数符号，把它一般化。"

由梨："一般化？"

2.7 时间的变化若为 h

我："我们用 h 来表示时间的变化，计算时刻从 1 变成 $1+h$ 对应的速度。速度的计算方式和刚才相同，只是这次要代入 h。"

由梨："为什么要代入 h 呢？"

我："代入 h，由梨的推测就能得到验证喔⋯⋯"

> **由梨的推测**
>
> 将时间的变化用 h 来表示。
>
> 时刻从 1 变成 $1+h$,则速度为 $2+h$。

由梨: "啊,是这样啊!"

我: "若代入 h,不论时间的变化是 1、0.1、0.01……都可以直接求出,没有必要一一确认。"

由梨: "是用速度的定义去计算吗?"

我: "当然。"

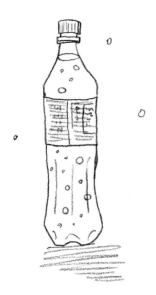

求时刻从 1 变成 $1+h$ 对应的速度

（时间的变化为 h）

$$
\begin{aligned}
速度 &= \frac{位置的变化}{时间的变化} \\
&= \frac{变化后的位置 - 变化前的位置}{变化后的时刻 - 变化前的时刻} \\
&= \frac{(1+h)^2 - 1^2}{(1+h) - 1} \\
&= \frac{1^2 + 2h + h^2 - 1}{1 + h - 1} \quad 因为 (1+h)^2 = 1^2 + 2h + h^2 \\
&= \frac{2h + h^2}{h} \\
&= 2 + h
\end{aligned}
$$

由梨："真的诶！速度为 $2+h$，计算一下就知道了！"

我："所以，若时间的变化是 $h=0.0001$，马上就可以知道速度是 $2+h=2.0001$，不用进行复杂的计算。"

由梨："这样啊！"

我："你看，用 h 来表示时间的变化，就能一般化了。这就是'导入代数符号'厉害的地方，只要计算一次，就如同确认了无数个具体的数。"

由梨："真好玩……"

重点整理

- 位置为 $x = t^2$。

- 时刻 t 从 1 变成 $1+h$，速度为 $2+h$。

我："话说回来，你竟然会展开 $(1+h)^2$。"

由梨："我只是照着展开公式做而已。"

我："的确是这样。"

代入展开的公式

$(a+b)^2 = a^2 + 2ab + b^2$ 展开公式

$(1+h)^2 = 1^2 + 2h + h^2$ 代入 $a=1$、$b=h$

由梨："但是，这是我第一次运用展开公式呢！"

我："第一次运用？这是什么意思？"

由梨："我不是指应付考试，而是第一次主动运用在'自己的计算'上。"

我："原来如此。"

由梨："然后呢？然后呢？接下来要做什么？"

我："嗯。我们再导入另一个代数符号吧！"

由梨："另一个？不是 h 的符号？"

2.8 导入另一个代数符号

我："刚刚我们导入了 h 来表示时间的变化，计算了速度。"

由梨："嗯，速度是 $2+h$。"

我："这个 $2+h$ 是时刻从 1 变成 $1+h$ 对应的速度。"

由梨："没错。"

我："接下来，我们用 t 来表示'变化前的时刻'，来进一步一般化。也就是计算时刻从 t 变成 $t+h$ 对应的速度。"

由梨："又是一般化！为什么啊？"

我："这样一来，不论变化前的时刻是 1、2、3 或是任何时刻，我们都能计算速度。若'变化前的时刻'为 t，则'变化后的时刻'就是 $t+h$。这样你能够计算速度了吧？"

由梨："可以啦，但 t 和 h 要怎么办？"

我："什么意思？"

由梨："直接计算就可以了吗？"

我："直接计算就可以了，最后你会得到含有 t 和 h 的速度公式。"

求时刻从 t 变化成 $t+h$ 的速度。

（时间的变化为 h）

$$
\begin{aligned}
\text{速度} &= \frac{\text{位置的变化}}{\text{时间的变化}} \\
&= \frac{\text{变化后的位置}-\text{变化前的位置}}{\text{变化后的时刻}-\text{变化前的时刻}} \\
&= \frac{(t+h)^2-t^2}{(t+h)-t} \\
&= \frac{(t^2+2th+h^2)-t^2}{t+h-t} \\
&= \frac{t^2+2th+h^2-t^2}{t+h-t} \\
&= \frac{2th+h^2}{h} \\
&= 2t+h
\end{aligned}
$$

由梨：“完成了！速度是 $2t+h$ 吗？”

我：“没错！由梨真了不起。”

由梨：“嘿嘿，因为是相同的计算嘛！”

我：“回归速度的定义来处理即可。”

由梨：“然后呢？然后呢？接下来要做什么？”

我：“不，我们先停一停，回顾一下前面的内容。”

由梨：“咦？我们不计算了吗？”

我：“我们先来回顾由梨前面的计算，复习是很重要的。一开始，我们知道的是，点 P 在时刻 t 的位置为 $x=t^2$ 的运动。"

由梨："对啊。"

我："经过多次的实际计算，由梨就推测出了速度。"

由梨："对，因为有规则。"

我："然后我们又用 h 表示时间的变化，证明了由梨的推测是正确的。这样一来，不论时间的变化为多少，我们都能计算速度。"

由梨："嗯！这很有意思。"

我："接着，我们用 t 表示变化前的时刻，这样就能够计算时刻从 t 变成 $t+h$ 对应的速度。"

由梨："速度是 $2t+h$ 吗？"

我："没错。"

重点整理

- 位置为 $x=t^2$。
- 时刻从 t 变成 $t+h$ 对应的速度为 $2t+h$。

2.9　h 逼近 0

我："接下来，由梨，假设速度为 $2t+h$，而时间的变化 h 非常非常接近 0。"

由梨："嗯。"

我："此时，速度会非常非常接近 $2t$，你理解吗？"

由梨："这是当然的啊，因为 $2t+h$ 的 h 非常接近 0。"

- 速度为 $2t+h$。

- 当 h 非常接近 0，速度会非常接近 $2t$。

我："当 h 非常接近 0，速度会非常接近 $2t$。严格来讲，这就是数学中的极限概念。将刚才讲的'非常接近'想成'逼近'，就是极限的概念。所谓的逼近就是指要多近有多近的意思。要严格定义微分，就会使用到极限的概念。"

由梨："极限？"

我："没错。我现在先不说明极限的概念，先来画速度关系图。若位置关系图是 $x=t^2$，那么速度关系图为 $v=2t$，即在时刻 t 的速度为 $2t$。关系图会像这样……"

位置关系图

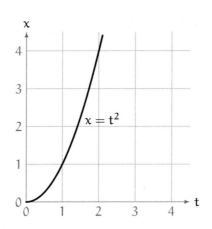

速度关系图

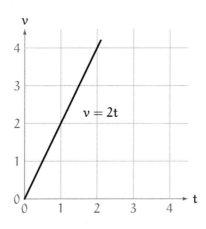

2.10　瞬时速度

我："由梨刚才要求'用一句话概括微分'的时候，我说'就是求'瞬间的变化率'。"

由梨："对。"

我："我们由位置关系图 $x=t^2$，求得速度关系图 $v=2t$。t^2 对 t 微分得 $2t$，就是微分的例子。"

$$t^2 \xrightarrow{\text{对}t\text{微分}} 2t$$

由梨："t^2 对 t 微分得 $2t$……"

我："由梨刚才已经用定义计算了好几次速度。"

由梨："对。"

我："你担心若时间的变化 h 接近 0，速度会不会也接近 0——但实际上不是如此。导出的速度公式为 $2t+h$，当式子中的 h 接近 0，速度会接近 $2t$，而不是接近 0。"

由梨："对。速度为 0 只有在 $t=0$ 的时候。"

我："没错。当时间的变化 h 接近 0，速度关系图会接近 $v=2t$，这就是时刻 t 的'瞬时速度'。想知道在时刻 t 在这一瞬间的位置 x 发生了什么变化，就必须使用微分。"

由梨："要由位置求得速度，必须用微分吗?"

我："对，可以这么说。位置 $x=t^2$ 对时刻 t 微分，就能得到速度 $2t$。"

由梨："嗯……"

我: "我们刚才是考虑位置为 $x = t^2$ 的情形,得到速度 $v = 2t$ 的数学式,因为't^2 对 t 微分得 $2t$'。如果位置 x 是不一样的数学式,则微分所得的速度也会是不一样的数学式。"

$$位置 \xrightarrow{\quad 对时刻微分 \quad} 速度$$

由梨: "这样啊⋯⋯"

我: "然而,不管是以什么样的数学式来表示,微分的计算方式和你先前的做法都一样。由梨之前做的't^2 对 t 微分,得到 $2t$'的计算刚好跳过极限的部分。"

由梨: "⋯⋯"

我: "很难吗?"

由梨: "嗯⋯⋯有一点。计算很简单又有意思,但 h 接近 0 的地方⋯⋯我不是很理解。速度关系图会变成 $v = 2t$,这部分我可以理解。"

我: "你很厉害啊。"

由梨: "⋯⋯"

我: "怎么了吗?"

由梨: "微分是用减法来思考的吧,因为我总觉得很像⋯⋯"

我: "微分跟什么很像?"

由梨: "我觉得⋯⋯微分跟阶差数列很像!"

"式子和图形各自隐含了什么意义?"

第 2 章的问题

●问题 2-1（判读位置关系图）

直线上动点的"位置关系图"如 (A)~(F) 所示，判断各点是做什么样的运动？请选择选项①~④。

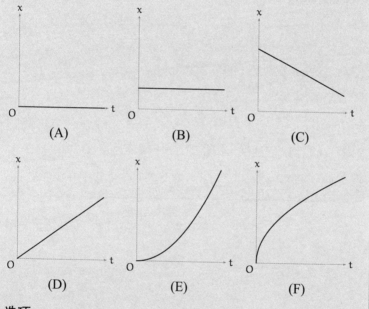

(A)　　　　(B)　　　　(C)

(D)　　　　(E)　　　　(F)

选项

① 静止（速度维持在 0）

② 匀速运动（速度固定但不为 0）

③ 逐渐变快（速度为正且逐渐增加）

④ 逐渐变慢（速度为正但逐渐减少）

（答案在第 184 页）

● **问题 2-2（求速度）**

在第 2 章中，我们得知若点 P 在时刻 t 的位置 x 为

$$x = t^2$$

则它在时刻 t 的速度 v 为

$$v = 2t$$

那么若点 P 在时刻 t 的位置 x 为

$$x = t^2 + 5$$

则它在时刻 t 的速度 v 数学式是什么？

（答案在第 186 页）

第 3 章

杨辉三角形

> "发现模式，就是发现'不断重复的规则'？"

3.1　图书室

放学后，我如同往常前往学校的图书室。

我发现学妹蒂蒂正在看"问题卡片"。

我："蒂蒂，那是村木老师的研究课题吗？"

蒂蒂："对！这是新的研究课题，但也不算新的……"

我："这是著名的杨辉三角形啊！"

杨辉三角形（村木老师的研究课题）

$$
\begin{array}{ccccccccc}
 & & & & 1 & & & & \\
 & & & 1 & & 1 & & & \\
 & & 1 & & 2 & & 1 & & \\
 & 1 & & 3 & & 3 & & 1 & \\
1 & & 4 & & 6 & & 4 & & 1 \\
\end{array}
$$

1　5　10　10　5　1
1　6　15　20　15　6　1
1　7　21　35　35　21　7　1
1　8　28　56　70　56　28　8　1

蒂蒂："这是将相邻的两数相加，产生下方的数吗?"

$$a \searrow \quad b \swarrow$$
$$a+b$$

我："对，整个三角形中的数都是依照这个规则生成的，且三角形两边的数全部为 1。"

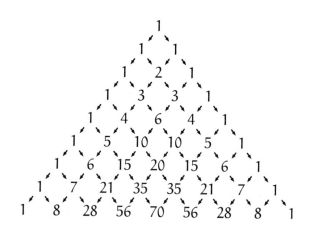

杨辉三角形是通过相邻两数相加得出下方的数而构成的

蒂蒂："因为这不像'求……'的问题有固定的形式，所以村木老师才选择这个问题作为研究课题呀！"

我："对，你也可以自由研究你喜欢的东西，写成报告。杨辉三角形是常见的研究课题，这个三角形包含了许多有趣的性质。"

蒂蒂："嘿……明明只是通过两数相加得出下方的数而构成的三角形，怎么会有那么多有趣的性质啊！杨辉先生真是厉害。"

我："在杨辉三角形中，可以找到著名的数列，例如 1, 2, 3, 4, 5, 6, 7, 8, …。"

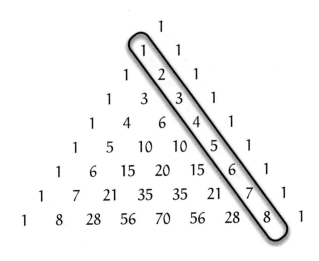

正整数列（1, 2, 3, 4, 5, 6, 7, 8, …）

蒂蒂："啊，是这条斜线，数逐个加 1。"

我："我来出个问题吧。下一个斜线的数列 1, 3, 6, 10, 15, 21, 28, …

是什么样的数列呢?"

问题

数列 1, 3, 6, 10, 15, 21, 28, …是什么样的数列?

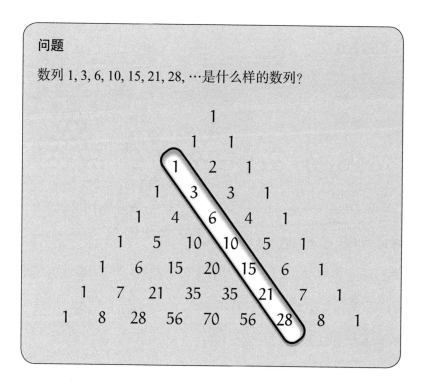

蒂蒂:"嗯……什么样的数列? 我不知道。"

我:"是三角形数。"

蒂蒂:"三角形数是什么?"

我:"就是圆球摆成三角形所需的球数。"

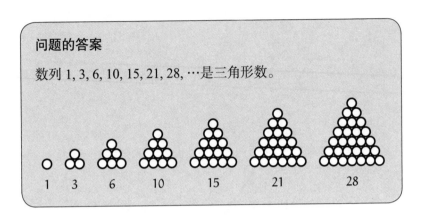

问题的答案

数列 1, 3, 6, 10, 15, 21, 28, …是三角形数。

蒂蒂："啊！我看过这个！"

我："下一个问题。你认为数列 1, 4, 10, 20, 35, 56, …是什么样的数列？"

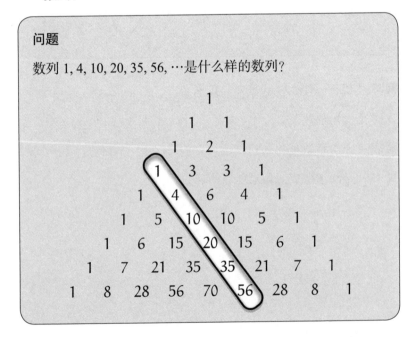

问题

数列 1, 4, 10, 20, 35, 56, …是什么样的数列？

蒂蒂："我连三角形数都没有想出来，怎么会知道……"

我："不对，不是要'想出来'，而是要'想'。蒂蒂学过观察数列的'武器'呀。"

蒂蒂："武器？"

我："就是阶差数列。以数列〈 a_n 〉为例，逐项计算 $a_{n+1} - a_n$，得到阶差数列即可。"

蒂蒂："只要计算数列 1, 4, 10, 20, 35, 56, …的阶差数列就行了？我明白了！我马上做！"

我："等一下，蒂蒂！为什么要计算呢？"

蒂蒂："因为要求阶差数列啊，要先做减法。"

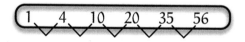

我："明明杨辉三角形就在你面前啊！"

蒂蒂："啊？"

我："请你回想一下杨辉三角形的定义。"

蒂蒂："相邻两数相加产生下面的数。"

我："没错，所以这个数列的右边就是它的阶差数列，不必特意计算！"

数列的右边就是阶差数列

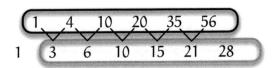

蒂蒂："啊，我的应变能力真差……明明知道杨辉三角形的定义，

却没有注意到阶差数列。"

我："蒂蒂以前自己动手写过杨辉三角形吗？"

蒂蒂："上课的时候写过一次。"

我："我写过好几次杨辉三角形，自己动手写可以发现很多秘密。

右边的阶差数列就是我动手写时发现的。"

蒂蒂："这样啊……咦？话说回来，虽然我们找到了阶差数列，但

问题的答案还没有出来呢！"

我：“数列 1, 4, 10, 20, 35, 56, … 的阶差数列是 3, 6, 10, 15, 21, 28, …
这是从 3 开始的三角形数。嗯，这真是有趣的问题，真有
趣……”

蒂蒂：“学长，独乐乐不如众乐乐！”

我：“首先，三角形数的阶差数列为 2, 3, 4, 5, 6, 7, …，刚好是三
角形底边的球数。也就是说，三角形数是‘底边逐渐增加’
的三角形所对应的球数所形成的数列。”

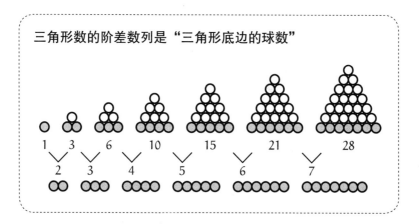

三角形数的阶差数列是“三角形底边的球数”

蒂蒂：“是，因为底边的球数逐渐增加。”

我：“同理可知，数列 1, 4, 11, 20, 35, 56, … 是把‘逐渐变大的三
角形’相叠加所形成的数列。”

蒂蒂：“把‘逐渐变大的三角形’相叠加？”

我：“这样会变成三角锥哦！三角形数 3, 6, 10, 15, 21, 28, … 是三
角锥底面的球数。也就是说，刚才的数列 1, 4, 10, 20, 35, 56, …

是三角锥数！"

蒂蒂："三角锥数！"

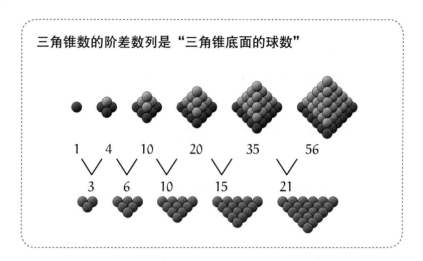

三角锥数的阶差数列是"三角锥底面的球数"

我："圆球堆积成的三角锥的球数，就是三角锥数。这个数列也藏
在杨辉三角形当中。"

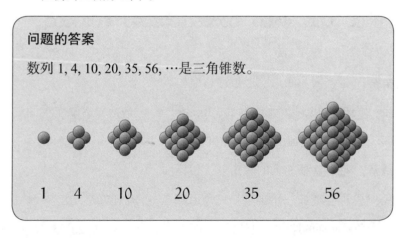

问题的答案

数列 1, 4, 10, 20, 35, 56, …是三角锥数。

蒂蒂："原来如此！啊！不行，学长！这是我从村木老师那里拿来

的问题卡片，不能由学长一直发现有趣的秘密啊！"

我："没关系，蒂蒂。杨辉三角形的秘密要多少有多少。我们这次

来观察水平的数——考虑杨辉三角形的'行'。"

蒂蒂："好！我也来发现有趣的性质吧！"

3.2 有趣的性质

问题 1

找出杨辉三角形各行数列的性质。

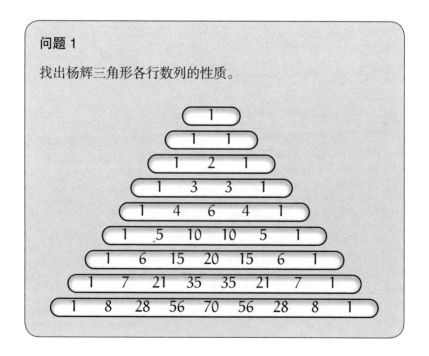

蒂蒂："学长我发现了，各行左右对称！你看 1, 3, 3, 1、1, 4, 6,

4, 1 ……"

我："不错。这是杨辉三角形的重要性质。"

蒂蒂："刚才学长是用数列来讨论，但我不是看数列，而是去计算——把同行的数字相加。"

我："嗯哼。"

蒂蒂："相加后，发生了神奇的事，得到数列 1, 2, 4, 8, 16, …, 不管哪一行的和都是 2 的次方，$1=2^0$, $2=2^1$, $4=2^2$, $8=2^3$, $16=2^4$ ……"

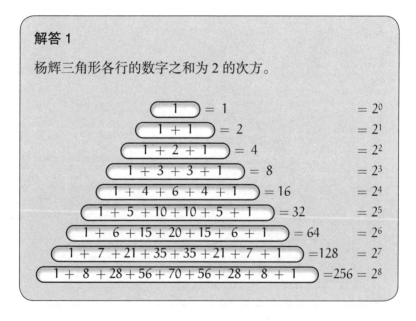

解答 1

杨辉三角形各行的数字之和为 2 的次方。

$$
\begin{array}{lll}
1 & = 1 & = 2^0 \\
1 + 1 & = 2 & = 2^1 \\
1 + 2 + 1 & = 4 & = 2^2 \\
1 + 3 + 3 + 1 & = 8 & = 2^3 \\
1 + 4 + 6 + 4 + 1 & = 16 & = 2^4 \\
1 + 5 + 10 + 10 + 5 + 1 & = 32 & = 2^5 \\
1 + 6 + 15 + 20 + 15 + 6 + 1 & = 64 & = 2^6 \\
1 + 7 + 21 + 35 + 35 + 21 + 7 + 1 & = 128 & = 2^7 \\
1 + 8 + 28 + 56 + 70 + 56 + 28 + 8 + 1 & = 256 & = 2^8
\end{array}
$$

我："不错！我们来证明蒂蒂的发现吧。"

蒂蒂："证明？"

问题 2

令杨辉三角形中，由上面数第 n 行（$n=1, 2, 3\cdots$）的数之和为 a_n，证明下面等式成立：

$$a_n = 2^{n-1}$$

蒂蒂："咦？ a_n 是 2^{n-1} 吗？不是 2^n 吗？"

我："不是。你想一下当 $n=1$ 时，第 1 行的和为 1。若 $a_n = 2^n$，那么 $a_1 = 2^1 = 2$。但我们想要的是 $a_1 = 2^0 = 1$，所以 a_n 不是 2^n，而是 $a_n = 2^{n-1}$。"

蒂蒂："哎呀！没错……"

我："这个问题可以由杨辉三角形的定义来理解。定义是……"

蒂蒂："相邻两数相加产生下面的数。"

我："对，现在换个角度思考，某数用来产生下一行的数时，它被使用了几次？"

蒂蒂："被使用了几次？"

我："没错。杨辉三角形中出现的数字，一定会在'产生左下方的数时'和'产生右下方的数时'，各被使用一次。"

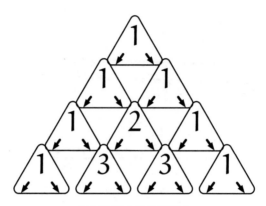

每个数都会被使用两次

蒂蒂："哈哈……好像是这样。"

我："因为每个数都被使用了两次，所以某行的数之和的'两倍'是下一行的数之和。"

蒂蒂："真的！刚好是两倍！"

我："以 a_n 表示杨辉三角形'第 n 行的数之和'。设 $a_1 = 1$，第 $k+1$ 行的数之和为第 k 行的两倍，即 $a_{k+1} = 2a_k$ 成立，形成下列的递归关系式。"

递归关系式

令杨辉三角形"第 n 行的数之和"为 a_n，此时下列递归关系式成立。

$$\begin{cases} a_1 = 1 \\ a_{k+1} = 2a_k \quad (k = 1, 2, 3, \ldots) \end{cases}$$

蒂蒂："原来如此！"

我："利用这个递归关系式，我们可以将 a_n 的下标 n 递减 1。"

$$a_n = 2a_{n-1} \quad \text{由递归关系式得知 } a_n = 2a_{n-1}$$

$$= 2 \times 2a_{n-2} \quad \text{由递归关系式得知 } a_{n-1} = 2a_{n-2}$$

$$= 2 \times 2 \times 2a_{n-3} \quad \text{由递归关系式得知 } a_{n-2} = 2a_{n-3}$$

$$= \cdots\cdots$$

$$= \underbrace{2 \times 2 \times \cdots \times 2}_{k\text{个2的积}} a_{n-k} \quad \text{重复 } k \text{ 次}$$

$$= \cdots\cdots$$

$$= \underbrace{2 \times 2 \times \cdots \times 2}_{n-1\text{个2的积}} a_{n-(n-1)} \quad \text{重复 } n-1 \text{ 次}$$

$$= 2^{n-1} a_1 \quad \text{因为 } n-(n-1) = 1$$

$$= 2^{n-1} \quad \text{因为 } a_1 = 1$$

蒂蒂："所以，最后推导出 $a_n = 2^{n-1}$。"

解答 2

杨辉三角形第 1 行的数之和为 1，即 $a_1 = 1$。第 $k+1$ 行的数之和是第 k 行的数之和的两倍，即 $a_{k+1} = 2a_k$。也就是说，下面的递归关系式成立：

$$\begin{cases} a_1 = 1 \\ a_{k+1} = 2a_k \ (k = 1, 2, 3, \cdots) \end{cases}$$

解开联立方程式求得：

$$a_n = 2^{n-1} \ (n = 1, 2, 3, \cdots)$$

3.3 组合数

我："对了，蒂蒂会展开 $(x + y)^2$ 吗？"

蒂蒂："嗯，我会展开。"

$$(x + y)^2 = x^2 + 2xy + y^2$$

我："那么，$(x + y)^3$ 呢？"

蒂蒂："这样呀！"

$$(x + y)^3 = x^3 + 3x^2y + 3xy^2 + y^3$$

我："没错，然后四次方的展开是这样……"

$$(x+y)^4 = x^4 + 4x^3y + 6x^2y^2 + 4xy^3 + y^4$$

蒂蒂："嗯……这么高的次方，我就有点记不住了……"

我："明明杨辉三角形就在你面前啊！"

蒂蒂："咦？"

我：" $(x+y)^n$ 展开式的系数就是杨辉三角形中出现的数，亦即

　　　'从 n 项中取出 k 项的组合数'。"

$$(x+y)^0 = 1x^0y^0$$

$$(x+y)^1 = 1x^1y^0 + 1x^0y^1$$

$$(x+y)^2 = 1x^2y^0 + 2x^1y^1 + 1x^0y^2$$

$$(x+y)^3 = 1x^3y^0 + 3x^2y^1 + 3x^1y^2 + 1x^0y^3$$

$$(x+y)^4 = 1x^4y^0 + 4x^3y^1 + 6x^2y^2 + 4x^1y^3 + 1x^0y^4$$

$(x+y)^n$ 的展开式与杨辉三角形

蒂蒂："啊……我还依稀记得展开 $(x+y)^n$ 会出现杨辉三角形，但

　　　我没有办法像学长一样，轻松想出来……"

我："我也不是一开始就能轻松想出来。"

蒂蒂："啊？是这样吗？"

我："是的，第一次在书上读到 $(x+y)^n$ 的展开式与杨辉三角形时，

　　　我也不是一下就记住了。我是自己动手写在纸上，才觉得

'嘿，真的是这样'。接着，我试着从多个角度思考，发现杨辉三角形还可以'玩'出很多东西。"

蒂蒂："玩?"

我："对。自己动手写下杨辉三角形统计下降的路线，自由地玩。这样一来，不久就会习惯了。"

蒂蒂："'统计下降的路线'是什么?"

3.4　统计下降的路线

我："在杨辉三角形上，从最上面的 1 开始，往斜下方的数字走。令往左下移动为 L，往右下移动为 R。"

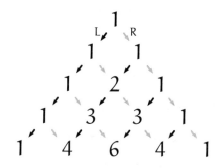

在杨辉三角形中，下降移动

蒂蒂："L 是 Left（左），R 是 Right（右）啊！"

我："对。这时会发生有趣的事情哦！杨辉三角形中的数，刚好是'下降到该数的路线数'。例如，下降到 6 的路线有六种，如下图所示。"

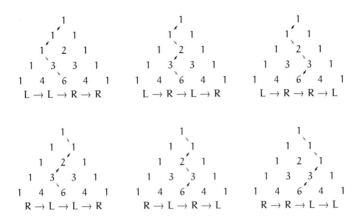

下降到 6 的路线有六种

蒂蒂:"真的诶……"

我:"这六种路线相当于'L 或 R'的四次选择中,选择 L 两次所可能出现的路线数量。'四次中选择 L 两次的路线数'等于'4 选 2 的组合数',也就是 C_4^2。数学书中大多写成 $\binom{4}{2}$。"

"下降到 6 的路线数" = "四次中选 L 两次的路线数"

$$= \text{"4 选 2 的组合数"}$$

$$= C_4^2$$

$$= \binom{4}{2}$$

$$= \frac{4 \times 3}{2 \times 1}$$

$$= 6$$

组合数

$$C_n^k = \binom{n}{k}$$

$$= \frac{n(n-1)(n-2)\cdots(n-k+1)}{k(k-1)(k-2)\cdots 1}$$

$$= \frac{n!}{(n-k)!k!}$$

其中 n, k 为整数，且 $n \geq k \geq 0$。定义 $0! = 1$。

蒂蒂："这样啊……"

我："此外，这种'L 或 R'的四次选择，和 $(L+R)^4$ 的展开式刚好相同。"

蒂蒂："咦？"

我："展开 $(L+R)^4 = (L+R)(L+R)(L+R)(L+R)$，相当于四个括号中，各选择 L 和 R 的其中一个。"

$$(L+R)(L+R)(L+R)(L+R) \rightarrow LLLL = L^4 R^0$$

$$(L+R)(L+R)(L+R)(L+R) \rightarrow LLLR = L^3 R^1$$

$$(L+R)(L+R)(L+R)(L+R) \rightarrow LLRL = L^3 R^1$$

$$(L+R)(L+R)(L+R)(L+R) \rightarrow LLRR = L^2 R^2$$

$$(L+R)(L+R)(L+R)(L+R) \rightarrow LRLL = L^3 R^1$$

$$(L+R)(L+R)(L+R)(L+R) \rightarrow LRLR = L^2 R^2$$

$$(L+R)(L+R)(L+R)(L+R) \to LRRL = L^2R^2$$

$$(L+R)(L+R)(L+R)(L+R) \to LRRR = L^1R^3$$

$$(L+R)(L+R)(L+R)(L+R) \to RLLL = L^3R^1$$

$$(L+R)(L+R)(L+R)(L+R) \to RLLR = L^2R^2$$

$$(L+R)(L+R)(L+R)(L+R) \to RLRL = L^2R^2$$

$$(L+R)(L+R)(L+R)(L+R) \to RLRR = L^1R^3$$

$$(L+R)(L+R)(L+R)(L+R) \to RRLL = L^2R^2$$

$$(L+R)(L+R)(L+R)(L+R) \to RRLR = L^1R^3$$

$$(L+R)(L+R)(L+R)(L+R) \to RRRL = L^1R^3$$

$$(L+R)(L+R)(L+R)(L+R) \to RRRR = L^0R^4$$

蒂蒂："原来如此……将这些全部加起来就是它的展开式。"

我："没错。由计算可得："

- L^4R^0 有 1 个

- L^3R^1 有 4 个

- L^2R^2 有 6 个

- L^1R^3 有 4 个

- L^0R^4 有 1 个

刚好是 $(x+y)^4$ 展开式的系数 1, 4, 6, 4, 1。"

$$L^4 R^0 + L^3 R^1 + L^3 R^1 + L^2 R^2$$

$$+ L^3 R^1 + L^2 R^2 + L^2 R^2 + L^1 R^3$$

$$+ L^3 R^1 + L^2 R^2 + L^2 R^2 + L^1 R^3$$

$$+ L^2 R^2 + L^1 R^3 + L^1 R^3 + L^0 R^4$$

$$= 1 L^4 R^0 + 4 L^3 R^1 + 6 L^2 R^2 + 4 L^1 R^3 + 1 L^0 R^4$$

我："我们将 $x = y = 1$ 代入 $(x+y)^n$，也就是 $(1+1)^n$，它相当于只保留了 $(x+y)^n$ 展开式的系数，刚好就是杨辉三角形各行的数之和的公式！"

$$(1+1)^0 = 1 = 2^0$$

$$(1+1)^1 = 1+1 = 2^1$$

$$(1+1)^2 = 1+2+1 = 2^2$$

$$(1+1)^3 = 1+3+1+1 = 2^3$$

$$(1+1)^4 = 1+4+6+4+1 = 2^4$$

$(1+1)^n$ 的展开与杨辉三角形

蒂蒂："原来如此！这样也能够证明，杨辉三角形各行的数之和是 2 的次方。"

我："没错。刚才的问题（第 69 页）可以用解开递归关系式的方式来解答，也可以通过展开 $(1+1)^n$ 来证明。"

蒂蒂："杨辉三角形真是好玩！路线数、组合数、展开公式、2 的次方……"

3.5　二项式定理

我："蒂蒂，刚才说明统计下降的路线时，我们讨论了这个公式……

$$(x+y)^4 = 1x^4y^0 + 4x^3y^1 + 6x^2y^2 + 4x^1y^3 + 1x^0y^4$$

它的系数是 1, 4, 6, 4, 1。"

蒂蒂："对。"

我："这些系数就是'4 选 k 的组合数'。"

$$(x+y)^4 = 1x^4y^0 \quad 1\text{ 是 "4 选 0 的组合数"}$$
$$+4x^3y^1 \quad 4\text{ 是 "4 选 1 的组合数"}$$
$$+6x^2y^2 \quad 6\text{ 是 "4 选 2 的组合数"}$$
$$+4x^1y^3 \quad 4\text{ 是 "4 选 3 的组合数"}$$
$$+1x^0y^4 \quad 1\text{ 是 "4 选 4 的组合数"}$$

蒂蒂："我知道了。"

我："$k=0, 1, 2, 3, 4$，将'4 选 k 的组合数'写成 $\begin{pmatrix} 4 \\ k \end{pmatrix}$。"

$$(x+y)^4 = \begin{pmatrix} 4 \\ 0 \end{pmatrix} x^4 y^0$$

$$+ \begin{pmatrix} 4 \\ 1 \end{pmatrix} x^3 y^1$$

$$+ \begin{pmatrix} 4 \\ 2 \end{pmatrix} x^2 y^2$$

$$+ \begin{pmatrix} 4 \\ 3 \end{pmatrix} x^1 y^3$$

$$+ \begin{pmatrix} 4 \\ 4 \end{pmatrix} x^0 y^4$$

蒂蒂："有点复杂，但我还可以理解。"

我："如果到这里你都能理解，那么写成一般式你应该也可以理解。不是展开 $(x+y)^4$，而是展开 $(x+y)^n$ ——不是四次方，而是 n 次方。展开后，我们即可得到二项式定理。"

二项式定理

$$(x+y)^n = \binom{n}{0}x^{n-0}y^0$$
$$+\binom{n}{1}x^{n-1}y^1$$
$$+\binom{n}{2}x^{n-2}y^2$$
$$+\cdots$$
$$+\binom{n}{k}x^{n-k}y^k$$
$$+\cdots$$
$$+\binom{n}{n-2}x^2y^{n-2}$$
$$+\binom{n}{n-1}x^1y^{n-1}$$
$$+\binom{n}{n-0}x^0y^{n-0}$$

蒂蒂："哇！这……很难诶。"

我："从各项的指数开始看，观察 x 和 y 的指数变化，你就不会觉得难了。"

- x 的指数依次为 $n-0, n-1, n-2, \cdots, 2, 1, 0$。

- y 的指数依次为 $0, 1, 2, \cdots, n-2, n-1, n-0$。

蒂蒂："嗯嗯……两者的指数顺序相反。"

我："没错。而且，各项中 x 的指数和 y 的指数相加等于 n。"

3.6　微分

我："二项式定理能够用于微分 x^n。"

蒂蒂："x^n 的微分……会是 nx^{n-1} 吗？"

蒂蒂翻开"秘密笔记"。

我："咦？你已经学到微分了？"

蒂蒂："老师在课堂上讲到了一点，我只是把内容抄了下来。"

微分的笔记（蒂蒂的笔记）

x^n 的微分为 nx^{n-1}

我："嗯，你写的是对的，但说明得不够详细。"

蒂蒂："我……只是抄下来，根本不理解它的意思。"

我："那么，我来补充说明一下蒂蒂的笔记，会变成这样……"

微分的笔记（蒂蒂的笔记加上补充说明）

x 的函数 x^n ($n=1, 2, 3, \cdots$) 对 x 微分，可得导函数 nx^{n-1} 其中 x^0 的值为 1。

蒂蒂："不是只写成 x^n，而是写成'x 的函数 x^n'吗？"

我："没错，若是清楚地知道自己在做什么，那么只记'x^n 的微分是 nx^{n-1}'也是可以的。此外，导函数是指某函数微分所得的函数。"

蒂蒂："好，谢谢你的说明。学长，你能写出 $n=1, 2, 3, \cdots$ 对应的情况吗？'若出现 n，就代入小一点的数讨论'！"

我："好主意！"

- x^1 对 x 微分得 $1x^0$（也就是 1）。

- x^2 对 x 微分得 $2x^1$（也就是 $2x$）。

- x^3 对 x 微分得 $3x^2$。

- ······

- x^n 对 x 微分得 nx^{n-1}。

蒂蒂："学长，写完 n 对应的情况后，我发现了一件事。x^n 的微分就是'将 n 往下移，再将指数减 1'。"

我："没错。x^n 对 x 微分，就是将指数 n 往下移到系数的位置，然后指数 n 变为 $n-1$。因此，我们从 x^n 得到了 nx^{n-1}，我们可以将这记为'x^n 微分的方法'。"

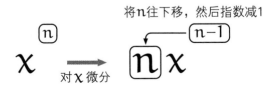

蒂蒂："对，但是……微分到底是什么呢？老师只给我们看了一下 nx^{n-1} 的式子，没有特别说明。"

我："这样啊。用一句话来说明微分，就是求'瞬间的变化率'。啊！"

蒂蒂："瞬间的变化率吗……怎么了，学长？"

我："没事，只是想到我最近对由梨说过类似的话。"

蒂蒂："由梨！她不是初中生吗？已经在学微分了？"

我："没有，我只跟她说了位置、速度等简单的概念。"

3.7 速度与微分

我向蒂蒂大致说明了前几天的情况。

> 时刻 t 时的位置为 t^2，则时刻 t 时的瞬时速度为 $2t$。
>
> t^2 对 t 微分得 $2t$。

蒂蒂："由梨真厉害！"

我："时刻 t 时的位置为 t^2，这是很简单的例子。"

蒂蒂："但她还是很厉害！"

我："' t^2 对 t 微分得 $2t$ '是' x^n 对 x 微分得 nx^{n-1} '的一个例子哦。"

蒂蒂："啊？"

我："你试着将 x 用 t 替换，代入 $n=2$。"

- x^n 对 x 微分得 nx^{n-1}。

- t^n 对 t 微分得 nt^{n-1}　（将 x 换成 t）。

- t^2 对 t 微分得 $2t$　（代入 $n=2$）。

蒂蒂："原来如此。"

我："我刚才说 x^n 对 x 微分得 nx^{n-1}。"

蒂蒂："对，'将 n 往下移，再将指数减 1'。"

我："这只是形式变换的记忆法。使用二项式定理，你就能够计算 x^n 对 x 的微分。"

蒂蒂："你突然这么说，我……"

我："你没问题的。改变成问题的形式，就像这样……"

问题

函数 x^n 对 x 微分的导函数是什么？

蒂蒂："那个……答案是 nx^{n-1} 吗？"

我："没错。这不是通过死记硬背得到的答案，而是用计算推导的。计算的想法和速度公式相同。"

蒂蒂："和速度公式相同……"

我："速度是'位置的变化'除以'时间的变化'吧？"

蒂蒂："对。"

我："同样，这次是' x^n 的变化'除以' x 的变化'，讨论从 x 变化到 $x+h$ 的情况。也就是求从 x 变化到 $x+h$ 的' x^n 的平均变化率'。"

求从 x 变化到 $x+h$ 的" x^n 的平均变化率"

$$x^n\text{的平均变化率} = \frac{x^n\text{的变化}}{x\text{的变化}}$$

$$= \frac{\text{变化后}x^n\text{的值} - \text{变化前}x^n\text{的值}}{\text{变化后}x\text{的值} - \text{变化前}x\text{的值}}$$

$$= \frac{(x+h)^n - (x)^n}{(x+h) - (x)}$$

蒂蒂："只要用这个公式计算就好了吗？"

我："没错。"

$$x^n\text{ 的平均变化率} = \frac{(x+h)^n - (x)^n}{(x+h) - (x)}$$

$$= \frac{(x+h)^n - x^n}{h} \quad \text{整理分母}$$

$$= \frac{1}{h}\{(x+h)^n - x^n\}$$

蒂蒂："这里要展开 $(x+h)^n$ ……"

我：" $(x+h)^n$ 的展开可以使用二项式定理。"

蒂蒂埋头计算展开式。

$$\frac{1}{h}\{(x+h)^n - x^n\}$$

$$= \frac{1}{h}\underbrace{\left\{\binom{n}{0}x^n h^0 + \binom{n}{1}x^{n-1}h^1 + \binom{n}{2}x^{n-2}h^2 + \cdots + \binom{n}{n}x^0 h^n - x^n\right\}}_{\text{使用二项式定理展开}(x+h)^n}$$

$$= \frac{1}{h}\left\{x^n + \binom{n}{1}x^{n-1}h + \binom{n}{2}x^{n-2}h^2 + \cdots + \binom{n}{n}h^n\right\} \quad 消去x^n$$

$$= \binom{n}{1}x^{n-1} + \binom{n}{2}x^{n-2}h^1 + \cdots + \binom{n}{n}h^{n-1} \quad 除以h$$

蒂蒂："接下来要计算组合数吧……"

我："等一下，你再好好观察一下最后的式子。"

$$\binom{n}{1}x^{n-1} + \binom{n}{2}x^{n-2}h^1 + \cdots + \binom{n}{n}h^{n-1}$$

蒂蒂："好。"

我："仔细观察用 + 连接的各项……你能看出这些项分成两种类型吗——有 h 的和没有 h 的吗？"

蒂蒂："我看出来了，只有第一项没有 h。"

$$\binom{n}{1}x^{n-1} + \underbrace{\binom{n}{2}x^{n-2}h^1 + \cdots + \binom{n}{n}h^{n-1}}_{h\text{的次方项}}$$

我："所以，式子可以写成这样……"

$$x^n \text{ 的平均变化率} = \binom{n}{1} x^{n-1} + h \text{ 的次方项}$$

蒂蒂: "……是。"

我: "话说回来, $\binom{n}{1}$ 是什么?"

蒂蒂: "这是从 n 个中选出 1 个的组合数, $\binom{n}{1} = n$。"

$$x^n \text{ 的平均变化率} = nx^{n-1} + h \text{ 的次方项}$$

我: "没错。我们想求的是'瞬间的变化率', 在这个式子中, 当 h 非常非常接近 0, 'h 的次方项'也会非常非常接近 0。推导这个极限, 可以得到我们熟悉的式子——nx^{n-1}。这就是它的导函数。"

解答

x 的函数 x^n 对 x 微分的导函数为

$$nx^{n-1}$$

蒂蒂: "我总觉得……这好奇怪, 像是混合了很简单的问题和很难的问题。"

我: "怎么说?"

蒂蒂: "我先前认为微分是非常难的概念, 但转换成位置和速度, 我就觉得很容易理解。"

我："嗯嗯。"

蒂蒂："虽然'x^n 的平均变化率'很简单，但实际计算时，若没有二项式定理，肯定会很复杂，无法做出来。"

我："没错，蒂蒂刚才动手计算'x^n 对 x 微分'，省略了使'h 非常非常接近 0'的极限概念。"

蒂蒂："学长……我稍微理解了微分的概念，但我好像还没有明白微分的目的。我们到底为什么要讨论微分呢？"

我："微分是为了捕捉变化。"

蒂蒂："捕捉……变化？"

我："举例来说，为什么要讨论速度呢？因为我们想捕捉相对于'时间的变化'，'位置的变化'是怎样的。虽然物体现在在这个位置，但经过一段时间的变化后，位置也会改变。那么，到底改变了多少呢？这就是速度。"

蒂蒂："哈哈……"

我："接着，我们再一般化地讨论速度。当我们知道了 x 的函数 $f(x)$，我们会想了解相对于'x 的变化'，'$f(x)$ 的变化'是怎样的。"

蒂蒂："对。"

我："'x 从 1 变化到 $1+h$ 的'$f(x)$ 的平均变化率'，以及 x 从 2 变化到 $2+h$ 的'$f(x)$ 的平均变化率'，两者不一定相等。若根据 x 的值决定'$f(x)$ 的平均变化率'，那么'$f(x)$ 的平均变化率'

可以看作 x 的函数。一个 x 值仅对应一个 $f(x)$ 值，这就是函数。"

蒂蒂："可以看作函数呀……"

我："当表示 x 变化的 h 逼近 0（极限的概念）时，'$f(x)$ 的平均变化率'是什么？这就是 $f(x)$ 的'瞬间的变化率'，即 $f(x)$ 的导函数 $f'(x)$。就像刚才你利用二项式定理，由函数 $f(x) = x^n$ 推导出导函数 $f(x) = nx^{n-1}$，就可由 nx^{n-1} 得知，x 变化时，$f(x)$ 会如何变化。"

蒂蒂："这就是'捕捉变化'吗？"

我："没错。由微分函数得到的导函数，可以使我们知道函数变化的情形，这就是微分重要性的原因。"

蒂蒂："捕捉变化……我有点懂了。啊，我还有一个问题，导函数也是函数吗？"

我："是的。微分某函数所得的函数，称为原函数的导函数，所以导函数也是函数。微分就是从一个函数生出另一个函数。"

蒂蒂："从一个函数生出另一个函数……"

瑞谷老师："放学时间到了。"

"发现规律，就是要发现'共同点'。"

第 3 章的问题

● 问题 3-1（杨辉三角形）

请写出杨辉三角形。

（答案在第 188 页）

● 问题 3-2（函数 x^4 的微分）

求函数 x^4 对 x 微分的导函数。

（请计算 x 变化到 $x+h$ 时的 "x^4 的平均变化率"，说明 h 逼近 0 的情形。）

（答案在第 189 页）

● 问题 3-3（速度与位置）

某点在直线上运动，速度为时间 t 的函数 $4t^3$。此时，我们可以说该点的位置为时刻 t 的函数 t^4 吗？

（答案在第 190 页）

第 4 章

位置、速度、加速度

"若说速度由位置而生，那么速度可产生什么？"

4.1 我的房间

由梨："哥哥，微分是什么？"

我："咦？微分，我之前不是讲过了吗？"

由梨："这次我想学微分的微分！"

我："微分的微分？你又和朋友比赛了吧！"

由梨："你不要管那么多，快点教我啦！"

我："你已经大致理解了什么是微分，应该很快就能理解什么是
  '微分的微分'。简单来说就是，微分后再做一次微分。"

由梨："只是这样？"

我："简单来说是这样。"

由梨："我知道了，谢谢，就这样吧！"

我："等等！等一下！"

由梨："怎么了？"

我："你真的理解了吗……前阵子我教你'位置'和'速度'的微

分，也就是将位置转换成时刻的函数，再将位置对时刻微
分，就可以得到速度。"

由梨："嗯，经计算可画出关系图。"

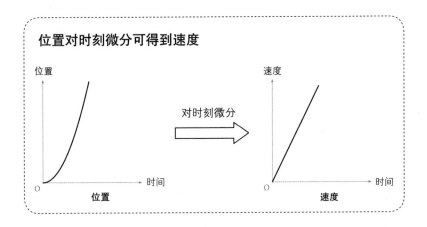

我："现在，我们让速度对时刻微分，就能得到加速度。"

由梨："加速度？"

我："没错。"

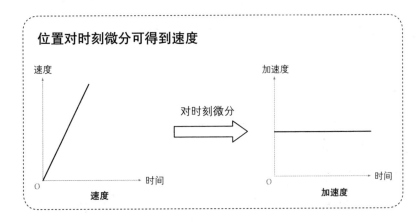

我："也就是说，将'位置'微分可得到'速度'，将'速度'再
　　微分可得到'加速度'。"

由梨："嗯。"

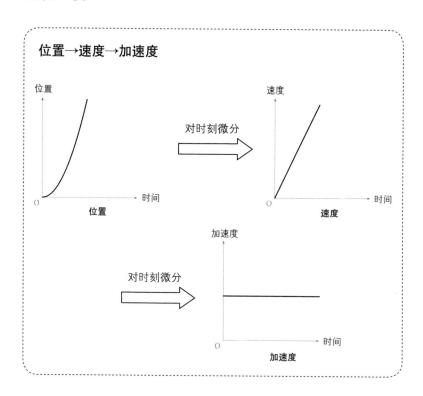

4.2　加速度

我："乘坐汽车可感受到加速度。"

由梨："你是说，汽车启动时感受到向后的拉力?"

我："对，那就是加速度造成的。"

由梨："让汽车停下来，踩急刹车时感受到往前的冲力也是！"

我："没错，那也是加速度造成的。你很清楚啊！"

由梨："嘿嘿。"

我："那么，我来考你一个问题。日本新干线明明是以很快的速度前进，为什么我们感受不到一股向后的拉力呢？"

由梨："咦？"

我："新干线比汽车还要快，但是为什么我们感受不到相应的加速度？"

由梨："嗯……这是因为加速的幅度很小吗？"

我："没错。也就是'加速度小'，这样讲比较贴切。"

由梨："嗯。"

我："区别速度与加速度是非常重要的。汽车出发时，速度很慢，加速度很大，速度在短时间内增加。"

由梨："速度慢，但加速度大。"

我："与此相对，新干线行驶时的速度非常快，出发时的加速度则很小。"

由梨："原来如此。新干线的速度是慢慢增加的。"

我："就是这样！"

4.3　可感受到的是加速度

我："我们感受不到速度，只能感受到加速度。"

由梨："咦？我们感受不到速度？可是，骑自行车时可以感受到风吹过。速度越快，风的阻力越大啊！"

我："我说'感受不到速度'是指，我们无法直接感受到速度，但我们可以间接感受到速度，比如通过风。"

由梨："这样啊。"

我："搭乘汽车、新干线、飞机等交通工具，不论速度有多快，只要速度没有变化，我们就感受不到。但若速度发生变化，也就是加速度不为 0 时，我们便能感受到速度的变化。即便在交通工具内吹不到风，或是闭上眼睛看不到外界，但只要速度一变化，我们就能直接感受到。我们感受到的不是速度，而是加速度。"

4.4　多项式的微分

由梨："前阵子哥哥跟我讲解过微分的计算吧！' t^2 对 t 微分得到 $2t$ '的计算。"

我："是的。"

由梨："我跟朋友说起这个话题时，他问我知不知道'微分的微分'，他说 x^2 的'微分的微分'是 2。"

我："你们是在比赛微分的计算吗？你们明明只是初中生啊！"

由梨："微分的计算能够做得像他这么快吗？"

我："x^2 这种多项式函数可以快速地微分。虽然通过微分的定义来计算会很复杂，但只是简单地计算微分，对初中生来说一点都不困难。"

由梨："为什么你前阵子没教我！"

我："我怎么知道要教你这个。基本上，微分就是 x^n 的微分。x^n 对 x 微分的时候，只要将指数 n 往下移到系数的位置，再将指数 n 改为 $n-1$，即可得到函数 x^n 对 x 微分的函数 nx^{n-1}。"

$$x^n \xrightarrow{\text{对} x \text{微分}} nx^{n-1}$$

由梨："哼！"

我："对了，我和蒂蒂好像也讲过类似的事情。"

由梨："她有说'讨人喜爱的由梨，明明只是初中生却已经会微分了'吗？"

我："有，有，虽然她没有说'讨人喜爱'这个形容词。"

由梨："哼！"

我："总而言之，只要会做 x^n 的微分，多项式函数的微分就能马上做出来，像这样子……"

$$1 \xrightarrow{\text{对} x \text{微分}} 0$$

$$x \xrightarrow{\text{对} x \text{微分}} 1$$

$$x^2 \xrightarrow{\text{对} x \text{微分}} 2x^{2-1} = 2x$$

$$x^3 \xrightarrow{\text{对} x \text{微分}} 3x^{3-1} = 3x^2$$

$$3x^5 \xrightarrow{\text{对} x \text{微分}} 3 \times 5x^{5-1} = 15x^4$$

$$x^{100} \xrightarrow{\text{对} x \text{微分}} 100x^{100-1} = 100x^{99}$$

$$t^2 \xrightarrow{\text{对} t \text{微分}} 2t^{2-1} = 2t$$

我："常数（例如 1）微分后会变成 0，除此之外——"

由梨："将指数往下移到系数的位置，再将指数减 1。"

我："没错，计算上只须这样做。"

由梨："任何情况都可以这样微分吗?"

我："多项式函数可以，只要将多项式的各项分别微分即可，因为‘各项之和的微分就是各项的微分之和’。举例来说，函数 x^2+3x+1，对 x 微分后，可得导函数 $2x+3$。"

各项之和的微分就是各项的微分之和

$$x^2 + 3x + 1 \xrightarrow{\text{对} x \text{微分}} 2x + 3$$

$$x^2 \xrightarrow{\text{对} x \text{微分}} 2x$$

$$3x \xrightarrow{\text{对} x \text{微分}} 3$$

$$1 \xrightarrow{\text{对} x \text{微分}} 0$$

由梨："就这样？"

我："对。"

由梨："导函数是什么？"

我："导函数是原函数微分所得的函数。"

由梨："$2x+3$ 是导函数？"

我："没错，$2x+3$ 是 x^2+3x+1 的导函数……话说回来，如同刚才所讲的，多项式的微分很简单。因此，若能将事物的变化都表示成数学式，尤其是多项式，会非常棒。"

由梨："我不知道这有什么棒的。"

我："你看，只需要'将指数往下移，再将指数减 1'，就能够捕捉变化。例如，点在时刻 t 的位置为多项式函数 $f(t)=t^2+3t+1$。"

由梨："什么意思？"

我："t 为时刻，而 $f(t)=t^2+3t+1$ 为位置，因此知道时刻就能计算位置 t^2+3t+1。"

由梨："你是指'什么时候，在哪里'吗？"

我："没错，只要将位置的函数 $f(x)$ 对 t 微分，就能够得出速度的函数。$f(x)$ 的导函数是 $f'(x)$，所以表示成 $f'(t)=2t+3$。"

$$f(t)=t^2+3t+1 \xrightarrow{\text{对}t\text{微分}} f'(t)=2t+3$$

由梨："……"

我："接着，进一步将速度的函数 $f'(t)$ 对 t 微分，得到加速度的函数。微分的做法和刚才相同。"

由梨："$2t+3$ 对 t 微分得到 2。"

我："没错。加速度的函数为 $f''(t)=2$，即便时刻 t 变化了，加速度仍然为 2，这样的情况表示加速度不变。"

$$f'(t)=2t+3 \xrightarrow{\text{对}\,t\,\text{微分}} f''(t)=2$$

由梨："位置微分得到速度，速度微分得到加速度……"

我："我来歌颂一位物理学者吧，你知道牛顿吧？"

由梨："知道，是通过苹果下落发现万有引力的人。"

我："你也省略太多细节了吧！牛顿的确有被掉下来的苹果砸到，但是突然想出万有引力这件事是不是真的就不得而知了。总之，由牛顿的运动定律可知，'产生加速度，说明物体受力'。"

由梨："力？"

我："牛顿的运动定律为

$$力 = 质量 \times 加速度$$

力与加速度成正比。"

由梨："我不太理解。"

我："意思是说，记录有质量的点（在物理学上称为质点）每个时刻的位置将质点的位置对时刻做两次微分，得到加速度。接着，由这个加速度可知质点在各个时刻受到多少力的作用。"

由梨："哦？"

我："力分为很多种，包括重力、磁力、摩擦力……世界上有各种力，但肉眼都看不见。"

由梨："要是看得见会很恐怖，哥哥。"

我："我们的肉眼无法看出质点'受到什么样的力作用'，但是移动的质点每个时刻在'什么位置'是肉眼可见的，也能被记录。位置对时刻做两次微分得到加速度，再由加速度来计算受力，我们即可从肉眼可见的'位置'求出肉眼不可见的'力'。微分的计算就是扮演这么重要的角色。"

由梨："哇——真厉害。"

4.5　渐渐变成水平线

我："物理学就讲到这里……欸，由梨，利用'x^n 对 x 微分得到 nx^{n-1}'还可以解决这样的问题……"

问题 1

令 n 为大于 1 的整数。将 x 的函数 x^n 对 x 微分 n 次，结果是什么？

由梨："哥哥真的很喜欢玩文字游戏！你是说微分 n 次吗？"

我："如果出现 n⋯⋯"

由梨："嗯？"

我："如果出现 n，就从小的数开始讨论。"

由梨："这样啊，例如 $n=1$ 的情况吗？"

我："没错。"

令 $n=1$

将 x 的函数 x^1 对 x 微分一次，结果是什么？

由梨："这个简单，答案是 1 吧？"

我："没错。"

$$x^1 \xrightarrow{\text{对 } x \text{ 微分}} 1$$

由梨："接下来是 $n=2$。"

令 $n=2$

将 x 的函数 x^2 对 x 微分两次，结果是什么？

由梨："这个前面做过了哦。x^2 的微分是 $2x^1$，再微分就会变为 2。"

$$x^2 \xrightarrow{\quad \text{对}x\text{微分} \quad} 2x^1$$
$$2x^1 \xrightarrow{\quad \text{对}x\text{微分} \quad} 2 \times 1 = 2$$

我："没错，你很清楚嘛。接下来是 $n=3$。"

令 $n=3$

将 x 的函数 x^3 对 x 微分三次，结果是什么？

由梨："感觉和前面的问题很类似，所以这次的答案是 3 吧？"

我："你不要嫌麻烦，动手算一下吧。"

由梨："好。"

$$x^3 \xrightarrow{\quad \text{对}x\text{微分} \quad} 3x^2$$
$$3x^2 \xrightarrow{\quad \text{对}x\text{微分} \quad} 3 \times 2x^1$$
$$3 \times 2x^1 \xrightarrow{\quad \text{对}x\text{微分} \quad} 3 \times 2 \times 1 = 6$$

我："结果如何？"

由梨："结果是 6！不是 3。"

我："接下来是 $n=4$。"

令 $n=4$

将 x 的函数 x^4 对 x 微分四次，结果是什么？

$$x^4 \xrightarrow{\text{对}x\text{微分}} 4x^3$$

$$4x^3 \xrightarrow{\text{对}x\text{微分}} 4 \times 3x^2$$

$$4 \times 3x^2 \xrightarrow{\text{对}x\text{微分}} 4 \times 3 \times 2x^1$$

$$4 \times 3 \times 2x^1 \xrightarrow{\text{对}x\text{微分}} 4 \times 3 \times 2 \times 1 = 24$$

由梨："我知道了，答案是 24。"

我："你发现规律了吗?"

由梨："将 x^n 对 x 微分 n 次，x 会消失，变为常数。"

$$x^1 \xrightarrow{\text{对}x\text{微分}1\text{次}} 1$$

$$x^2 \xrightarrow{\text{对}x\text{微分}2\text{次}} 2 \times 1 = 2$$

$$x^3 \xrightarrow{\text{对}x\text{微分}3\text{次}} 3 \times 2 \times 1 = 6$$

$$x^4 \xrightarrow{\text{对}x\text{微分}4\text{次}} 4 \times 3 \times 2 \times 1 = 24$$

$$\vdots$$

我："没错，那么最后的常数是什么?"

由梨："将 n 到 1 的所有数相乘的结果就是那个常数。"

我："它有个专有名词……"

由梨："阶乘! 常数是 n 的阶乘!"

我："对，没错。"

解答 1

令 n 为大于 1 的整数，将 x 的函数 x^n 对 x 微分 n 次，结果会是 n 的阶乘（$n!$）。

$$x^n \xrightarrow{\text{对}x\text{微分}n\text{次}} n \times (n-1) \times (n-2) \times \cdots \times 2 \times 1 = n!$$

由梨："这真有趣！哥哥，函数微分 n 次后，图形会变成水平线，x 会消失！"

我："多项式函数的确是如此，最后会变成与 x 无关的常数，图形呈水平线。"

- 若函数为一次函数，微分一次后变为常数。
- 若函数为二次函数，微分两次后变为常数。
- 若函数为三次函数，微分三次后变为常数。
- ......
- 若函数为 n 次函数，微分 n 次后变为常数。

由梨："为什么要刻意加上'多项式函数'这个条件呢？"

我："因为有些函数多次微分也无法变成常数。"

由梨："啊？应该不会这样吧！"

我："你这么肯定啊，由梨。为什么你能断言'不会这样'呢？"

由梨："你看，将 x^n 对 x 微分，结果是 nx^{n-1}。由此可知，每次微分，指数就会跟着变小，最后结果一定会变成常数啊。"

我："所以我才加上'多项式函数'的条件。"

由梨："啊？"

我："多项式函数经过多次微分，最后一定会变为常数，这一点由梨说得对，但不是所有函数都是多项式。"

由梨："真的吗？"

我："比如说，三角函数。"

由梨："例如 sin、cos 吗？"

我："对，我们之前一起讨论了嘛。sin x 可以对 x 微分好几次，但是即使微分很多次也不会变成常数。$y=\sin x$ 的图形是这样的……"

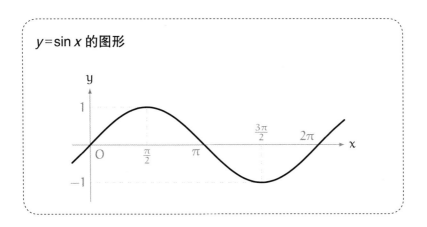

$y=\sin x$ 的图形

由梨："π——为什么会出现圆周率？"

我："啊，由梨还没学过弧度（Radian）吧？"

由梨："弧度？"

4.6 弧度

我："弧度是角度的单位。计算三角函数的时候，角度的单位用弧度来表示会比较方便。"

由梨："角度的单位不是度吗？例如 180°、360°？"

我："对。'度'和'弧度'都是角度的单位，180° 相当于 π 弧度。"

由梨："π 弧度？"

我："没错。π 等于 3.14159265……。"

$$180° = \pi \text{ 弧度}$$

由梨："这样啊。"

我："180° 的两倍是 360°，所以 360° 是 π 弧度的两倍，等于 2π 弧度。"

$$360° = 2\pi \text{ 弧度}$$

由梨："3.14……用弧度来表示角度感觉很不好用诶。"

我："一般计算不会直接使用圆周率 3.14……，而是直接用 π、2π 等来表示。"

由梨："90° 是多少弧度呢？"

我："180° 是 π 弧度，所以你认为 90° 是多少弧度呢？"

由梨："π 的一半。"

我："没错。90° 是 π 弧度的一半，所以是 $\frac{\pi}{2}$ 弧度。"

由梨："哇！使用到分数了。"

我："没错。依此类推，60° 是 $\frac{\pi}{3}$ 弧度。"

由梨："好麻烦。"

我："不会，你马上就会习惯了。比方说，正三角形的一个角是 60°，也可以说成 $\frac{\pi}{3}$ 弧度。"

由梨："这样啊。"

我："以半径为 1 的圆为例，圆心角的弧度刚好等于弧长。"

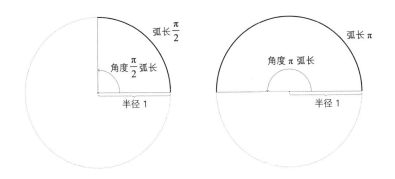

由梨："哦——"

我："完整转一圈为 360°，据说这和古巴比伦人认为一年有三百六十天有关。"

由梨："这样啊。"

我："而且 360 有很多因数，相当便利。"

由梨："很多因数？"

我："没错，360 可被许多整数整除，例如 1、2、3 等，360° 为一圈亦对人类的生活提供了许多便利之处，比如它可应用于时钟等。"

由梨："原来如此。"

我："弧度是由圆的弧长来决定的，这是它本来的定义，并不是以一年的天数为基准。"

由梨："是吗？"

我："总之，这就是弧度，是一种角度单位。而 x 从 0 到 2π 弧度对应的 $y = \sin x$ 的图形会描绘出一个周期的波。"

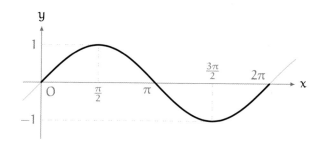

sin x 的一个周期

4.7 sin 的微分

我："函数 $\sin x$ 对 x 微分，结果会是什么呢？"

由梨："$\sin x$……没有可以往下移的指数 n……这很难吗？"

我："不难。我们先讨论 x 从 0 变化到 $\dfrac{\pi}{2}$ 的'平均变化率'，算式如下……"

求 x 从 0 变化到 $\dfrac{\pi}{2}$，$\sin x$ 的平均变化率。

$$\text{平均变化率} = \frac{\sin x \text{的变化}}{x \text{的变化}}$$

$$= \frac{\sin \dfrac{\pi}{2} - \sin 0}{\dfrac{\pi}{2} - 0}$$

$$= \frac{1 - 0}{\dfrac{\pi}{2} - 0}$$

$$= \frac{1}{\dfrac{\pi}{2}}$$

$$= \frac{2}{\pi}$$

$$= \frac{2}{3.14159\cdots}$$

$$= 0.6366\cdots$$

由梨："结果为 0.6366。"

我："由图形来讨论这个'平均变化率'的意义，我们可以知道它相当于'直线的斜率'。x 增加 1，$\sin x$ 增加 0.6366。"

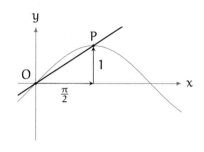

$$x\ 增加\ \frac{\pi}{2}，\sin x\ 增加\ 1$$

由梨："嗯，这个点 P 是什么？"

我："接下来使 x 的变化逼近 0，也就是说并讨论此时的'平均变化率'，也就是'直线的斜率'，会接近几？"

由梨："哦——"

我："不论是多项式函数还是三角函数，微分的方法都相同。从平均变化率开始，之后再求瞬间变化率。不过，'瞬间变化率'容易让人联想成对'时刻'微分，但并不是所有的情况都是对时刻微分。"

由梨："没办法，速度本来就更容易理解啊。"

我："当 x 的变化逼近 0 时，点 O 和点 P 连成的直线会趋近'图形 $y=\sin x$ 在点 O 处的切线'。"

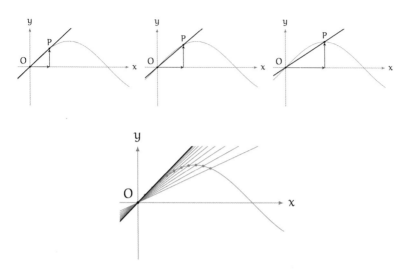

趋近图形 $y=\sin x$ 上，点 O 的切线

我："我们来讨论各种 x 值的切线斜率吧！"

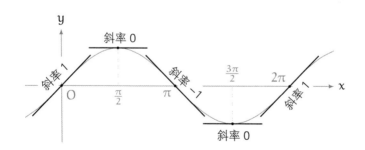

讨论图形 $y=\sin x$ 的切线斜率

由梨："哈哈，好像在雪山滑雪。"

我："真的很像，我们现在只要讨论图形的'切线斜率'代表什么就可以了。切线的斜率代表图形接下来是上升还是下降。"

由梨："嗯，如果切线斜率是 0，就表示图形几乎没有变化。"

我："没错。此外，$\sin x$ 是 x 的函数，所以切线斜率也是 x 的函数。"

由梨："切线斜率也是 x 的函数？"

我："对。$y=\sin x$ 的图形中，一个 x 值会对应一个切线斜率，这就是 x 的函数。'$y=\sin x$ 的切线斜率函数'就是'$\sin x$ 对 x 微分的函数'。"

由梨："嗯……我搞糊涂了。具体来说，'$\sin x$ 对 x 微分的函数'是什么意思呢？"

我："我们依照图形，写出函数的变化表吧。"

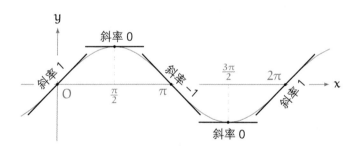

图形

x	0	$\cdots$	$\dfrac{\pi}{2}$	$\cdots$	π	$\cdots$	$\dfrac{3\pi}{2}$	$\cdots$	2π
$\sin x$	0	↗	1	↘	0	↘	−1	↗	0
切线斜率	1	↗	0	↘	−1	↗	0	↗	1

变化表

我："我们可以由这张变化表看出'函数 sin x 对 x 微分的导函数图形'。"

由梨："嗯。"

我："由梨，不要光'嗯'，你应该知道图形是什么样子吧?"

由梨："啊，我来画吗? 我想想看……开始的时候斜率为 1，快速下降变为 0，再继续下降变为 −1，再变回 0……咦?"

我："你理解了吗?"

由梨："哥哥，好像会变成 V 字形，先往下再往上。图形是这样吗?"

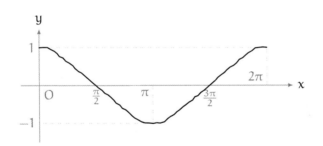

sin x 对 x 微分的函数图形会像这样吗?

我："嗯，差不多。"

由梨："那个……我总觉得 sin x 和它的'切线斜率'很像，在 1 和 −1 之间上下来回。"

我："不错! 你不要只画从 0 到 2π 的图形，画长一点，重复同样的步骤。"

由梨："重复同样的步骤，也只是由 V 字形变成 W 字形而已啊！"

我："不对，你画画看，画出大致形状就可以了。"

由梨："好啦。"

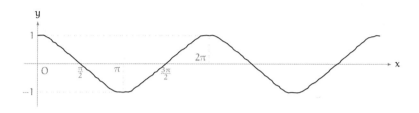

sin x 对 x 微分的函数图形会像这样吗？

我："你发现了吗？"

由梨："发现什么？"

我："你观察一下。"

由梨："果然变成 W 字形了。重复同样的步骤，图形就变成了弯弯曲曲的波——啊，这该不会是 sin 曲线吧？"

我："哇！厉害！"

由梨："是这样吗？变成了 sin 曲线吗？"

我："画得不错！但是你仔细观察会发现图形向左偏离了。$y=\sin x$ 的图形应该要从原点出发，因为 sin 0=0，但你画的波是从 1 开始。"

由梨："啊，对。"

我："其实只要将 $y=\sin x$ 向左偏离 $\dfrac{\pi}{2}$，就是 $y=\cos x$ 的图形了。

我们把它们画出来比较一下吧。"

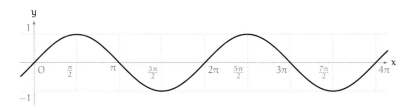

$y=\sin x$ 的图形

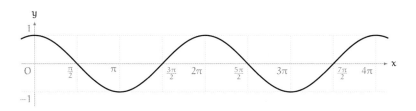

$y=\cos x$ 的图形

由梨:"这是 $\cos x$ 的图形？ $\sin x$ 和 $\cos x$ 的图形相同吗？"

我:"形状相同，只是相互偏离了 $\frac{\pi}{2}$。$y=\sin x$ 的图形往左偏离 $\frac{\pi}{2}$，
就是 $y=\cos x$ 的图形。"

由梨:"嗯。"

我:"函数 $\sin x$ 对 x 微分，会变为函数 $\cos x$。"

由梨:"sin 微分……会变为 cos。"

$$\sin x \xrightarrow{\text{对} x \text{微分}} \cos x$$

我:"没错。'sin 微分即为 cos'的说法省略了很多细节，这里还

需要补充。'sin'是指'x 的函数 $\sin x$'，'微分'则必须说成'对 x 微分'……"

由梨："好啦，哥哥的说明真啰唆。"

我："你说什么!"

由梨："刚才哥哥说的'微分很多次也不会变为常数'这一点，我已经理解了!"

我："哦?"

由梨："sin 微分即为 cos，图形不会变成水平线。"

我："没错哦。"

由梨："图形只是横向偏移了，所以不会变成水平线。而且，cos 微分就会变回 sin 了吧? 这样就可以无限微分下去了!"

我："由梨，你真厉害! 亏你能注意到这点。哥哥一开始学三角函数的微分时，都没有注意到这件事，只是——"

由梨："只是什么?"

我："只是 cos 微分并不会变回 sin。函数 $\cos x$ 微分后，会变成 $-\sin x$。"

$$\cos x \xrightarrow{\text{对}x\text{微分}} -\sin x$$

由梨："是这样吗?"

我："将 $\sin x$、$\cos x$、$-\sin x$ 的图形放在一起比较吧。我们可以发现，每微分一次，图形便会向左偏移 $\dfrac{\pi}{2}$。"

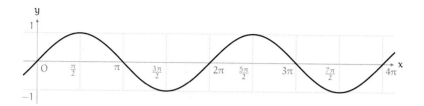

$y=\sin x$ 的图形

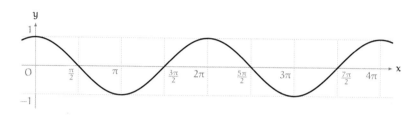

$y=\cos x$ 的图形

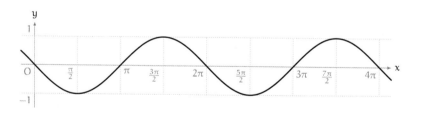

$y=-\sin x$ 的图形

由梨："真的！向左偏移了。"

我："仔细观察 $y=\sin x$ 的图形并写出变化表，我们就能推测出 $-\sin x$ 的形状。它的变化表是这样的。"

x	0	$\cdots$	$\dfrac{\pi}{2}$	$\cdots$	π	$\cdots$	$\dfrac{3\pi}{2}$	$\cdots$	2π
$\cos x$	0	↘	0	↘	−1	↗	0	↗	1
切线斜率	1	↘	−1	↗	0	↗	1	↘	0

增减表

我："接着，$-\sin x$ 对 x 微分后变为 $-\cos x$。再进一步，$-\cos x$ 对 x 微分后变为 $\sin x$。这样轮回一圈，微分四次就会变回原函数。"

$$\sin x \xrightarrow{\text{对} x \text{微分}} \cos x$$
$$\cos x \xrightarrow{\text{对} x \text{微分}} -\sin x$$
$$-\sin x \xrightarrow{\text{对} x \text{微分}} -\cos x$$
$$-\cos x \xrightarrow{\text{对} x \text{微分}} \sin x$$

由梨："微分四次就会变回原函数？"

我："对。$\sin x$ 对 x 微分，连续微分四次即会变回 $\sin x$。这可以从图形看出来。将 $y=\sin x$ 的图形'每次往左偏移 $\dfrac{\pi}{2}$'，重复四次后，就会往左偏移 $\dfrac{\pi}{2} \times 4 = 2\pi$。这样刚好是一个 $\sin x$ 的波长，也就是一个周期，最后变回 $\sin x$ 的图形。因为波是无限延续下去的，所以无论微分几次，都会一直在 $\sin x$、$\cos x$、$-\sin x$、$-\cos x$ 中循环，不会变成水平线。"

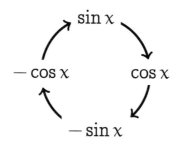

微分四次就会变回原函数

由梨：“真有意思！”

4.8 简谐运动

我：“我想再歌颂一位物理学家。”

由梨：“刚刚不是已经歌颂过了吗？”

我：“令质点在直线上移动，在时刻 t 的位置为 $\sin t$。你认为此时的加速度是什么？”

由梨：“位置微分会变为速度，再微分一次会变为加速度。”

我：“没错，所以将 $\sin t$ 对 t 微分两次。”

由梨：“$\sin t$ 微分变为 $\cos t$，再微分一次变为 $-\sin t$。”

我：“刚才（第 101 页）讲牛顿运动定律时提到，有加速度说明有受力。假设质量为 1，则'加速度的图形'可看作'力的图形'。”

由梨：“力的图形？”

我："对。位置函数为 $\sin t$、加速度函数为 $-\sin t$，将两者图形的时刻纵向对齐，我们就能知道'质点在各位置受到多少力的作用'。"

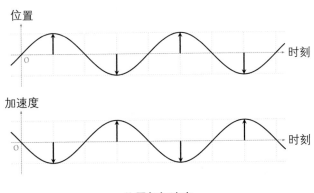

位置与加速度

由梨："……"

我："如上图所示，位置与受力正好相反。"

由梨："我不太懂。"

我："你不懂哪个地方？"

由梨："位置与受力正好相反？"

我："没错。比方说，若位置为最大值 1，受力即为最小值 -1。反之亦然。"

由梨："若位置最大则受力最小，这样不是很奇怪吗？"

我："不奇怪。位置为 1 时，质点会受到最大的反向力，所以一点也不奇怪。这就像是力拉着质点大喊'别去那边'！"

由梨："啊，是这样吗?"

我："相反，位置为 -1 时，质点会受到最大的正向力。因为受到这些相反方向的力作用，所以质点才会来来回回地反复运动。"

由梨："……"

我："你能从图中看出，当位置为 0 时，受力为多少吗?"

由梨："当位置为 0 时，受力也为 0 啊!"

我："没错! 来来回回的质点，只有在波形的中间点时不受力，呈现'放空'的状态。"

由梨："……"

我："因此，若质点在时刻 t 的位置为 $\sin t$，则它的受力为 $-\sin t$。这是质量为 1 的情况。"

由梨："哥哥，我觉得变难了，我不太懂。而且，质点怎么会受到这么复杂的力的作用? 若是如此，力的大小不是会经常改变吗?"

我："力的大小与方向会改变。"

由梨："对，还有方向。"

我："但是，由梨，其实我们经常看到这样的往返运动，钟摆就是一个例子，虽然钟摆不做直线上的运动。"

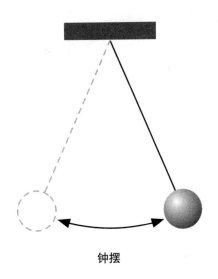

钟摆

由梨："钟摆的确是来来回回摆动。"

我："还有，在弹簧下悬挂重物也是这种运动。"

由梨："一弹一弹的？"

我："没错。弹簧伸长到最长的时候，受到最大的向上的力，这是拉力；弹簧缩到最短的时候，也受到最大的向下的力，这是推力。此外，弹簧没有伸长或缩短的时候，受力为 0。"

由梨："啊……"

我："物体的这种运动被称为简谐运动。钟摆、弹簧的振动都是简谐运动，两者都可以利用 sin、cos 的三角函数和微分来研究。"

由梨："原来是这样啊！"

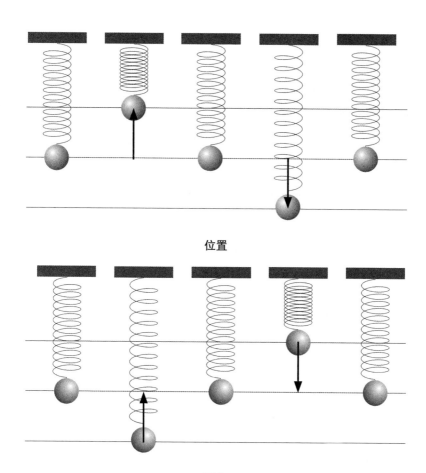

位置

受力

我："物理学中，特别是力学，经常研究物体位置的变化，而微分是'捕捉变化'的方便的工具哦。"

由梨："原来如此！"

"闻'1'知'n'。"

第 4 章的问题

●问题 4-1（360 的因数）

前文提到，360 有很多因数。求 360 所有的因数。

（360 的因数是能够整除 360，且大于 0 的整数。）

（答案在第 192 页）

●问题 4-2（多项式函数的微分）

请将下列函数对 x 微分两次。

① $3x^2 + 4x + 3$

② $2x^3 - x^2 - 3x - 5$

③ $\dfrac{1}{0!} + \dfrac{x^1}{1!} + \dfrac{x^2}{2!} + \dfrac{x^3}{3!} + \dfrac{x^4}{4!} + \cdots + \dfrac{x^{100}}{100!}$

（定义 $n! = n(n-1)\cdots 2 \times 1$，$0! = 1$）

（答案在第 195 页）

●问题 4-3（三角函数）

请回想图形，填写变化表中的空单元格。

x	0	⋯	$\dfrac{\pi}{2}$	⋯	π	⋯	$\dfrac{3\pi}{2}$	⋯	2π
$\sin x$	0	↗	1	↘	0				
$\cos x$									
$-\sin x$									
$-\cos x$									

（答案在第 197 页）

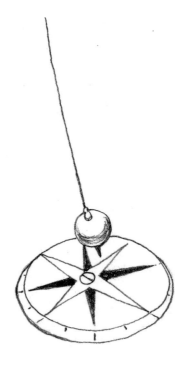

除法乘法大乱斗

"为了捕捉变化而微分——"

5.1　图书室

场景为高中的图书室，时间是放学后。

如同往常，我在学习数学，蒂蒂走到了我的身边。

蒂蒂："学长……你知道这个问题的意思吗?"

我："咦!"

村木老师的问题卡片

$$\left(\frac{n+1}{n}\right)^n \quad (n = 1,\ 2,\ 3,\ ...)$$

蒂蒂："我从村木老师那里拿到这张问题卡片，自己思考了一番。"

我："嗯，你有什么想法?"

蒂蒂："如果出现 n，就从小的数开始讨论!"

$$n = 1 \text{ 的时候，} \left(\frac{1+1}{1}\right)^1 = \frac{2^1}{1^1} = \frac{2}{1} = 2$$

$$n = 2 \text{ 的时候，} \left(\frac{2+1}{2}\right)^2 = \frac{3^2}{2^2} = \frac{9}{4} = 2.25$$

$$n = 3 \text{ 的时候，} \left(\frac{3+1}{3}\right)^3 = \frac{4^3}{3^3} = \frac{64}{27} = 2.37037037\cdots$$

$$n = 4 \text{ 的时候，} \left(\frac{4+1}{4}\right)^4 = \frac{5^4}{4^4} = \frac{625}{256} = 2.44140625$$

我："你实际动手计算了，不错哦！"

蒂蒂："但是学长，只是这样，没有其他好玩的地方吗？"

我："蒂蒂在计算的时候，没有什么想法吗？"

蒂蒂："嗯……有一点，但不是什么了不起的想法。"

我："比方说呢？"

蒂蒂："除法乘法大乱斗！这是我的感觉。"

我："咦？"

蒂蒂："括号内的分数 $\frac{n+1}{n}$，分母为 n，分子为 $n+1$，分子比较大。"

我："嗯，没错。"

蒂蒂："所以，这个分数一定会大于 1。"

$$\frac{n+1}{n} > 1$$

我："如果 $n>0$，的确是如此。"

蒂蒂：" $\dfrac{n+1}{n}$ 一定会比 1 大，但也没有比 1 大多少。例如，如果

$n=10$，则 $\dfrac{11}{10}=1.1$，如果 $n=100$，则 $\dfrac{101}{100}=1.01$。"

我："嗯！不错。"

蒂蒂："但是，n 越大，n 次方的效果就越大。$n=100$ 就有一百

次方！"

我："没错哦，蒂蒂。"

蒂蒂："因此，我觉得这个式子 $\left(\dfrac{n+1}{n}\right)^n$ 好像大乱斗。n 代入越大

的数，括号内的分数，也就是除法的结果，就会越接近 1。

$\dfrac{n+1}{n}$ 越接近 1，$\left(\dfrac{n+1}{n}\right)^n$ 越不容易变大。但是，n 代入越大的

数，$\left(\dfrac{n+1}{n}\right)^n$ 就会进行更多次的乘法，所以你看，这样不就

是 '除法乘法大乱斗'，看哪一方能胜出吗？"

我："我觉得蒂蒂的想法很厉害，这是非常有趣的观点。"

蒂蒂："真的吗？但是，哪一方会在这个大乱斗中胜出呢？我不知

道……"

5.2　式子的变形

我："说实话，我知道随着 n 越来越大，$\left(\dfrac{n+1}{n}\right)^n$ 会如何变化。"

蒂蒂："啊！是这样吗？"

我：" $\left(\dfrac{n+1}{n}\right)^n$ 是非常有名的式子，我想擅长数学的高中生应该都

知道。"

蒂蒂："这样啊，我是不知道啦……学长，这就是所谓的数学直觉吗？"

我："不不不，不是。这不是什么直觉，只是知不知道而已。我只是刚好知道。"

蒂蒂："嗯……"

我："蒂蒂刚才提出的大乱斗，才是数学直觉。"

蒂蒂："是吗？"

我："n 越来越大，带有 n 的数学式会如何变化——这就是数学中的极限。'当 n 接近无穷大，$\left(\dfrac{n+1}{n}\right)^n$ 会是什么'可用数学式表示成这个样子。"

$$\lim_{n \to \infty}\left(\frac{n+1}{n}\right)^n$$

蒂蒂："极限……"

我："你刚才将 $\dfrac{n+1}{n}$ 看作 '$n+1$ 除以 n'，我们也可以将式子变形。"

$$\frac{n+1}{n} = 1 + \frac{1}{n}$$

蒂蒂："是。"

我："$1+\dfrac{1}{n}$ 可以看成 '1 加上一个小的数' 吧？"

蒂蒂:"没错! 而且, 当 n 越来越大时, $\dfrac{1}{n}$ 会越来越小!"

我:"就是这么一回事。n 为 $1, 2, 3 \cdots$, 渐渐变大, $\dfrac{1}{n}$ 即为 $\dfrac{1}{1}, \dfrac{1}{2}$, $\dfrac{1}{3} \cdots$, 渐渐趋近 0。所以我们可知'n 越大, $1 + \dfrac{1}{n}$ 就越趋近于 1'。"

蒂蒂:"真有趣。"

我:"改变一下式子, 你看见的风景就会有所不同。"

蒂蒂:"学长, 真不可思议。以前我看到像 $\left(\dfrac{n+1}{n}\right)^n$ 这样的式子, 就会觉得'哇……好复杂的式子'。但是, 现在这个式子看起来并不难呢!"

我:"这是因为你确实掌握了式子的本质。"

蒂蒂:"怎么说?"

我:"你实际动手计算过很多数学式, 讨论过许多情形。这样长时间地接触数学式, 你就会慢慢习惯, 能够清楚掌握式子的本质, 所以你不再觉得式子复杂。"

蒂蒂:"我总是看到学长在写数学式……"

我:"那是因为我喜欢写数学式, 尝试不同的变形、自行推导、思考容易理解的写法等。上课看到数学式的时候, 我总是在想'这和之前写的式子很相似''式子这样变形更容易理解'之类的。"

蒂蒂:"式子 $\left(1 + \dfrac{1}{n}\right)^n$ 的括号内是'比 1 大 $\dfrac{1}{n}$ 的数', 接着计算它

n 次方。"

我："没错。"

5.3 复利计算

我："对了，蒂蒂，你知道复利计算是什么吗？"

蒂蒂："复利计算？"

我："嗯，将钱存入银行，经过一段时间，会产生利息。复利计算就是反复计算本金加上利息的值。"

蒂蒂："嗯……"

我："未加利息的原本的钱是本金。将钱存入银行一段时间，本金就会产生相应的利息。"

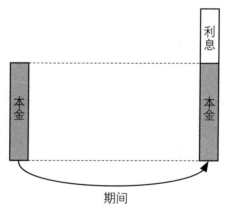

本金与利息

蒂蒂:"嗯,我理解了。"

我:"本金产生的利息会变成你自己的钱,本金加上利息就可以变成更多的本金。当本金金额变大时,下一期所产生的利息就会增多。"

蒂蒂:"原来如此。"

我:"因此,我们来讨论一年计息好几次的情况。本金存一年,年末才会产生利息,这是一年计息一次。"

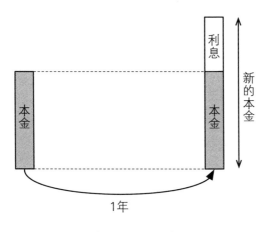

一年计息一次的情况

蒂蒂:"嗯……"

我:"相对于此,也有半年计一次息的方案。当然,剩下的半年以上半年的本金加利息来计算利息。这是一年计息两次的情况。你能理解吗?"

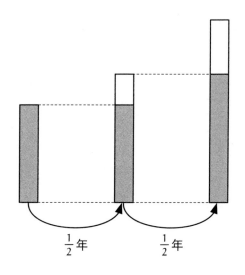

$\frac{1}{2}$年　　　　$\frac{1}{2}$年

一年计息两次的情况

蒂蒂："理解，就是看要选一年计息一次还是两次。"

我："没错。那么'一年计息一次'和'一年计息两次'，哪个年末的存款余额比较高呢？"

蒂蒂："当然是——"

我："注意，利息和存款时间成正比。若本金相同，半年期的利息是一年期利息的一半，因为存款时间是一半。"

蒂蒂："我觉得一年计息两次的年终存款余额比较高，但……我没有自信。"

我："嗯，我们一起来想答案吧。若是一年计息 n 次，年终存款余额会如何——我们来一般化这个问题。"

蒂蒂："还是 n 越大存款余额越高吗？因为本金加上利息作为新的

本金，之后会有更多的本金来产生利息……但是比起频繁产生小额利息，长时间存款的高额利息会比较多吧？我搞不清楚啦。"

我："你可以实际写下问题。为了方便推导，先假设存款一年所产生的利息（年利息）为本金的 100%。也就是说，年初存款一次，年终会产生和本金相同金额的利息，虽然现实中没有这样的银行啦。"

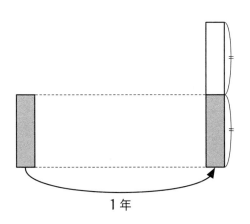

年利息为 100% 本金的银行

蒂蒂："真是大方的银行！"

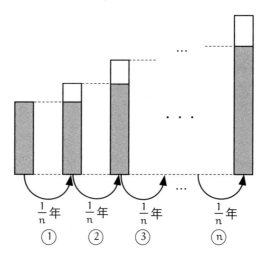

一年计息 n 次的情况

问题 1（复利计算）

假设世界上有年利率为 100% 的银行，存款一年计息 n 次。若年初的存款额为一万元，年终存款余额为 e_n 万元，请以 n 来表示 e_n 。

我："以 $n=1$ 为例，因为只有年终计息一次，所以存款余额 e_1 会变为两万元。这个金额可由计算推出。"

$$e_1 = \text{年初的存款额} + \underbrace{\text{年初的存款额} \times \text{一年期的利率}}_{\text{一年期的利息}}$$

$$= 1 + 1 \times \frac{1}{1}$$

$$= 2$$

蒂蒂："$e_1=2$，两万元！"

我："银行这样做，不用多久就会破产了。接着，我们来讨论 $n=2$ 的情形吧。"

蒂蒂："因为是一年计息两次，所以……"

我："令前半年的存款余额为 A_1，后半年的存款余额为 A_2。"

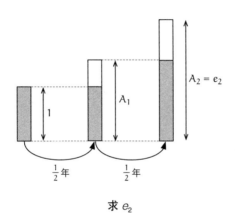

求 e_2

蒂蒂："不要说答案哦！前半年的存款余额为 A_1，存期为半年，所以……"

$$A_1 = \text{年初的存款额} + \underbrace{\text{年初的存款额} \times \text{半年期的利率}}_{\text{前半年的利息}}$$

$$= 1 + 1 \times \frac{1}{2}$$

$$= 1 + \frac{1}{2}$$

我："没错。"

蒂蒂："以 A_1 作为新的本金，令后半年的存款余额为 A_2……"

$$A_2 = A_1 + \underbrace{A_1 \times \frac{1}{2}}_{\text{后半年的利息}}$$

我："嗯，不错。"

蒂蒂："这个 A_2 就是 e_2。整理一下……"

$$
\begin{aligned}
e_2 &= A_2 \\
&= A_1 + A_1 \times \frac{1}{2} \\
&= A_1\left(1 + \frac{1}{2}\right) \quad \text{提出 } A_1 \\
&= \left(1 + \frac{1}{2}\right)\left(1 + \frac{1}{2}\right) \quad \text{因为 } A_1 = 1 + \frac{1}{2} \\
&= \left(1 + \frac{1}{2}\right)^2 \\
&= \left(\frac{3}{2}\right)^2 \\
&= \frac{9}{4} \\
&= 2.25
\end{aligned}
$$

蒂蒂："$e_1 = 2$，$e_2 = 2.25$。如此一来，果然是计息两次的存款余额比较高。话说回来，学长，$e_1 = 1 + \frac{1}{1}$，$e_2 = \left(1 + \frac{1}{2}\right)^2$，这是……"

我："对，这个猜测是正确的。"

蒂蒂："保险起见，我们再来讨论一下 $n = 3$ 的情形吧。如同前面的做法，令最初 $\frac{1}{3}$ 年的存款余额为 B_1，下一个 $\frac{1}{3}$ 年的存款余额为 B_2，最后 $\frac{1}{3}$ 年的存款余额为 B_3……"

$$B_1 = 1 + 1 \times \frac{1}{3} = 1 + \frac{1}{3} = \left(1 + \frac{1}{3}\right)^1$$

$$B_2 = B_1 + B_1 \times \frac{1}{3} = B_1\left(1 + \frac{1}{3}\right) = \left(1 + \frac{1}{3}\right)^2$$

$$B_3 = B_2 + B_2 \times \frac{1}{3} = B_2\left(1 + \frac{1}{3}\right) = \left(1 + \frac{1}{3}\right)^3$$

蒂蒂：“因为 $e_3 = B_3$，所以 $e_3 = \left(1 + \frac{1}{3}\right)^3$。果然，$e_n$ 是 $\left(1 + \frac{1}{n}\right)^n$！”

$$e_1 = \left(1 + \frac{1}{1}\right)^1$$

$$e_2 = \left(1 + \frac{1}{2}\right)^2$$

$$e_3 = \left(1 + \frac{1}{3}\right)^3$$

$$\vdots$$

$$e_n = \left(1 + \frac{1}{n}\right)^n$$

我：“没错。”

问题 1（复利计算）

假设世界上有年利率为 100% 的银行，存款一年计息 n 次。若年初的存款额为一万元，年终的存款余额为 e_n 万元，此时下式成立：

$$e_n = \left(1 + \frac{1}{n}\right)^n$$

我："所以村木老师的问题卡片上的式子，是银行年利率为 100%、一年计息 n 次的一年后的存款余额……这就是复利计算。"

蒂蒂："……"

我："怎么了？"

5.4 收敛与发散

蒂蒂："学长……如果 n 越来越大，e_n 也就是 $\left(1+\dfrac{1}{n}\right)^n$ 会变成无限大吗？存款余额无限大？"

我："存款余额能有多大很重要。"

蒂蒂："对……我搞糊涂了。如果 n 越大，数值的 n 次方就会变成越大的数吧？所以即便数值很接近 1，经过 n 次方后，也可以变得无限大——不是吗？"

我："嗯。"

蒂蒂："但是听完学长讲的存款余额的概念，我又觉得可能不是这么一回事。因为年利率是固定的，不管一年的利息分几次计息，存款余额都不可能无限大。"

我："对。我们难以想象 e_n 会是什么样的。当 n 越来越大，e_n 会是无限大，还是趋近某个固定值呢？"

蒂蒂："这果然是除法乘法大乱斗！若是除法胜出，数值就不会那么大。若是乘法胜出，数值就可能……变成无限大。"

我：“因为‘无限大’不是一个数，所以我们不会说‘变成无限大’。

　　n 越大 e_n 越大的概念，我们会说 e_n ‘向正无限大发散’。”

蒂蒂：“向正无限大发散……”

我：“此外，若 n 越大， e_n 的值会趋近某个固定值，我们则称之

　　为 e_n ‘收敛’到该值。”

蒂蒂：“收敛……”

我：“数收敛所趋近的那个值，则被称为极限值。”

蒂蒂：“等一下……那个……”

我：“整理一下思路吧。当 n 越来越大，数列的项趋近固定值，我

　　们称之为‘数列收敛’。数列不收敛即为发散。发散分为三

　　种：变得非常大（向正无限大发散）、变得非常小（向负无

　　限大发散）、两者都不是（振荡）。”

$$\begin{cases} 收敛 \\ 发散 \begin{cases} 向正无限大发散 \\ 向负无限大发散 \\ 振荡 \end{cases} \end{cases}$$

蒂蒂：“我理解了。”

我：“那么，我们来做个实验吧。”

蒂蒂：“实验?”

我：“利用计算器，实际代入 n ，计算 e_n 能变得多大。”

蒂蒂：“啊，原来如此! 还可以利用这个方法呀!”

我："某种程度上可以啦，但因为演算只能确认'有限个 n'，所以没法代替证明。不过，我们可以看看大致是什么情况。"

蒂蒂："我要看！"

5.5 实验

我："我们来计算 $\left(1+\dfrac{1}{n}\right)^n$，$n=1, 2, 3\cdots$"

蒂蒂："会变成什么样子呢……"

$\left(1+\dfrac{1}{n}\right)^n$ 的变化 (n=1, 2, 3, $\cdots$,10)

n	$\left(1+\dfrac{1}{n}\right)^n$
1	2
2	2.25
3	2.370370370
4	2.44140625
5	2.48832
6	2.521626371
7	2.546499697
8	2.565784513
9	2.581174791
10	2.593742460

蒂蒂："好微妙……数值好像在一点一点地增大。"

我："以存款为例，n 不能大于 365（一年 365 天），但在数学上没有这个限制。"

蒂蒂:"我们可以用更大的 n 来演算!"

我:"好啊!"

$\left(1+\dfrac{1}{n}\right)^n$ 的变化 ($n=1, 10, 100, \cdots, 1\,000\,000$)

n	$\left(1+\dfrac{1}{n}\right)^n$
1	2
10	2.593742460
100	2.704813829
1 000	2.716923932
10 000	2.718145926
100 000	2.718268237
1 000 000	2.718280469

蒂蒂:"学长! n 增大到 $1\,000\,000$ 的时候,好像 $2.7182\cdots$ 就不再

改变了。$\left(1+\dfrac{1}{n}\right)^n$ 会……嗯……收敛!"

我:"我们可以猜测它会收敛,但我还是想证明。"

蒂蒂:"证明……要怎么做才能证明呢?"

我:"利用二项式定理展开 $\left(1+\dfrac{1}{n}\right)^n$,应该就可以证明。展开后,

仔细观察式子的形式。"

蒂蒂:"二项式定理!"

蒂蒂快速翻阅她的"秘密笔记"。

二项式定理

$$(x+y)^n = \binom{n}{0} x^{n-0} y^0$$

$$+ \binom{n}{1} x^{n-1} y^1$$

$$+ \binom{n}{2} x^{n-2} y^2$$

$$+ \cdots$$

$$+ \binom{n}{k} x^{n-k} y^k$$

$$+ \cdots$$

$$+ \binom{n}{n-2} x^2 y^{n-2}$$

$$+ \binom{n}{n-1} x^1 y^{n-1}$$

$$+ \binom{n}{n-0} x^0 y^{n-0}$$

这里 $\binom{n}{k} = C_n^k$（从 n 个中选取 k 个的组合数）。

蒂蒂: "展开式是这样呀……"

我: "没错。$\binom{n}{k}$ 可以像这样展开……"

$$\binom{n}{k} = \frac{n!}{(n-k)!\,k!} = \frac{n(n-1)\cdots(n-k+1)}{k!}$$

> **问题 2（收敛或发散）**
>
> 某数列的一般项为
>
> $$e_n = \left(1 + \frac{1}{n}\right)^n$$
>
> 当 $n \to \infty$ ，数列会收敛吗？

我："首先，利用二项式定理展开 $\left(1 + \dfrac{1}{n}\right)^n$ ，将 1 和 $\dfrac{1}{n}$ 代入二项式

定理中的 x 和 y 。"

$$
\begin{aligned}
e_n &= \left(1 + \frac{1}{n}\right)^n \\
&= \binom{n}{0} 1^{n-0} \left(\frac{1}{n}\right)^0 \quad \text{利用二项式定理展开} \\
&\quad + \binom{n}{1} 1^{n-1} \left(\frac{1}{n}\right)^1 \\
&\quad + \binom{n}{2} 1^{n-2} \left(\frac{1}{n}\right)^2 \\
&\quad + \binom{n}{3} 1^{n-3} \left(\frac{1}{n}\right)^3 \\
&\quad + \cdots \\
&\quad + \binom{n}{k} 1^{n-k} \left(\frac{1}{n}\right)^k \\
&\quad + \cdots \\
&\quad + \binom{n}{n} 1^0 \left(\frac{1}{n}\right)^{n-0}
\end{aligned}
$$

蒂蒂："突然复杂到令人头晕啊。"

我："没问题的，你会觉得复杂，是因为你一下看了整个数学式。
'将复杂的数学式拆开来看'是很重要的技巧。同时，你要
注意式子的形式。首先，1^{n-k} 的部分一定是 1，所以不用写
出来。然后，将 $\left(\dfrac{1}{n}\right)^k$ 写成 $\dfrac{1}{n^k}$ 会比较容易理解。接着再对展
开的各项进行，分别推导就可以了。"

$$
\begin{aligned}
e_n &= \left(1+\frac{1}{n}\right)^n \\[1mm]
&= \binom{n}{0}\frac{1}{n^0} \quad \text{命名为 } a_0 \\[1mm]
&+ \binom{n}{1}\frac{1}{n^1} \quad \text{命名为 } a_1 \\[1mm]
&+ \binom{n}{2}\frac{1}{n^2} \quad \text{命名为 } a_2 \\[1mm]
&+ \binom{n}{3}\frac{1}{n^3} \quad \text{命名为 } a_3 \\[1mm]
&+ \cdots \\[1mm]
&+ \binom{n}{k}\frac{1}{n^k} \quad \text{命名为 } a_k \\[1mm]
&+ \cdots \\[1mm]
&+ \binom{n}{n}\frac{1}{n^n} \quad \text{命名为 } a_n
\end{aligned}
$$

蒂蒂："原来如此，也就是说，原式会变成这样。"

$$e_n = a_0 + a_1 + a_2 + a_3 + \cdots + a_k + \cdots + a_n$$

我："没错，虽然 e_n 整体看起来很复杂，但变成'和'的形式来看，式子就变简单了。举例来说，a_k 会变成这样的形式。"

$$a_k = \binom{n}{k} \frac{1}{n^k}$$

蒂蒂："到这里为止，我还可以理解……"

我："二项式定理大概是高中生会学到的最复杂的式子，简单来说就是，改变 $k = 1, 2, 3, \cdots, n$，再把 a_k 相加。"

蒂蒂："是……"

我："我们先来计算前面的几项吧。"

$$a_0 = \binom{n}{0} \frac{1}{n^0} = 1 \times 1 = 1$$

$$a_1 = \binom{n}{1} \frac{1}{n^1} = n \times \frac{1}{n} = 1$$

$$a_2 = \binom{n}{2} \frac{1}{n^2} = \frac{n(n-1)}{2} \times \frac{1}{n^2} = \frac{n(n-1)}{2n^2}$$

$$a_3 = \binom{n}{3} \frac{1}{n^3} = \frac{n(n-1)(n-2)}{6} \times \frac{1}{n^3} = \frac{n(n-1)(n-2)}{6n^3}$$

蒂蒂："a_0 和 a_1 为 1，但从 a_2 开始就变复杂了……"

我："若直接算出分母为 2 和 6，会看不出规律。'停下计算找规律'也许会比较容易理解。"

蒂蒂："停下计算找规律?"

我："没错。a_2 的分母 $2n^2$ 原本应该是 $2!n^2$，a_3 的分母 $6n^3$ 是 $3!n^3$。

加上'!'后，阶乘的数和指数就会相同，你发现了吗？"

蒂蒂："我发现了！"

我："那就是它的规律，$\dfrac{n(n-1)}{2!}$、$\dfrac{n(n-1)(n-2)}{3!}$ 是组合数，很容

易找出规律，但将 n 写成 $n-0$ 会更好。"

$$a_0 = \binom{n}{0}\frac{1}{n^0} = \frac{1}{0!n^0}$$

$$a_1 = \binom{n}{1}\frac{1}{n^1} = \frac{(n-0)}{1!n^1}$$

$$a_2 = \binom{n}{2}\frac{1}{n^2} = \frac{(n-0)(n-1)}{2!n^2}$$

$$a_3 = \binom{n}{3}\frac{1}{n^3} = \frac{(n-0)(n-1)(n-2)}{3!n^3}$$

蒂蒂："原来如此，我开始理解找规律的意义了。"

我："一般来说，a_k 会是这样……"

$$a_k = \binom{n}{k}\frac{1}{n^k} = \frac{(n-0)(n-1)(n-2)(n-3)\cdots(n-k+1)}{k!n^k}$$

蒂蒂："的确是这样呢！嗯……但是我们现在是在做什么来着？"

我："我们在利用二项式定理展开 $\left(1+\dfrac{1}{n}\right)^n$，寻找各项 a_k 的规律。

目前为止，我们得到这样的式子……"

$$e_n = \left(1 + \frac{1}{n}\right)^n$$

$$= 1 \qquad\qquad\qquad (\leftarrow a_0)$$

$$+ 1 \qquad\qquad\qquad (\leftarrow a_1)$$

$$+ \frac{(n-0)(n-1)}{2!n^2} \qquad\qquad (\leftarrow a_2)$$

$$+ \frac{(n-0)(n-1)(n-2)}{3!n^3} \qquad\qquad (\leftarrow a_3)$$

$$+ \cdots$$

$$+ \frac{(n-0)(n-1)(n-2)(n-3)\cdots(n-k+1)}{k!n^k} \qquad (\leftarrow a_k)$$

$$+ \cdots$$

$$+ \frac{(n-0)(n-1)(n-2)(n-3)\cdots 1}{n!n^n} \qquad\qquad (\leftarrow a_n)$$

蒂蒂: "展开是展开了, 但这能让我们发现什么?"

我: "我还没有发现什么。"

蒂蒂: "啊?"

我: "但是我们知道目标啊! 我们想知道, 当 $n \to \infty$ 的时候, e_n 是否收敛。"

蒂蒂: "怎样才能知道它的极限呢?"

我: "我们讨论 $n \to \infty$ 的时候, 是有'武器'的, $\frac{1}{n}$、$\frac{1}{n^2}$ 就是有用的武器。因为当 $n \to \infty$ 时, 我们知道 $\frac{1}{n} \to 0$、$\frac{1}{n^2} \to 0$。"

蒂蒂: "哈哈……"

我: "我们能使用的武器有限, 所以要将我们自然推导出来的式子, 变形成可以套用武器的形式。"

蒂蒂："这样会顺利吗?"

我："蒂蒂，不动手算就不知道哦。我没有办法保证一定会顺利，
但是我们可以先将式子转化成能套用武器的形式。"

蒂蒂："原来如此……"

我："我们已经知道 $a_0 = 1$、$a_1 = 1$，所以从 a_2 开始，我们可以将式
子这样转化……"

$$
\begin{aligned}
a_2 &= \frac{(n-0)(n-1)}{2!n^2} \\
&= \frac{n^2 - n}{2!n^2} \quad \text{展开分子} \\
&= \frac{1}{2!}\left(\frac{n^2 - n}{n^2}\right) \quad \text{将} \frac{1}{2!} \text{提到外面} \\
&= \frac{1}{2!}\left(\frac{n^2}{n^2} - \frac{n}{n^2}\right) \quad \text{拆成分数相减} \\
&= \frac{1}{2!}\left(1 - \frac{1}{n}\right) \quad \text{约分（★）}
\end{aligned}
$$

蒂蒂："啊! 真的诶。$\frac{1}{n}$ 出现了!"

我："a_3 也可以用相同的方式处理。"

$$
\begin{aligned}
a_3 &= \frac{(n-0)(n-1)(n-2)}{3!n^3} \\
&= \frac{n^3 - 3n^2 + 2n}{3!n^3} \quad \text{展开分子} \\
&= \frac{1}{3!}\left(\frac{n^3 - 3n^2 + 2n}{n^3}\right) \quad \text{将} \frac{1}{3!} \text{提到外面}
\end{aligned}
$$

$$= \frac{1}{3!}\left(\frac{n^3}{n^3} - \frac{3n^2}{n^3} + \frac{2n}{n^3} \right) \quad \text{拆成分数的和、差}$$

$$= \frac{1}{3!}\left(1 - \frac{3}{n} + \frac{2}{n^2} \right) \quad \text{约分（☆）}$$

蒂蒂："$\frac{3}{n}$、$\frac{2}{n^2}$ 出现了，好像在变魔术。"

我："你太夸张了吧，我只是展开式子而已。但是，这也算是一种整理，因为当 $n \to \infty$ 时，$\frac{1}{n} \to 0$、$\frac{1}{n^2} \to 0$，所以括号内只剩下 1。也就是说，我们能够求当 $n \to \infty$ 时 a_2、a_3 的极限值。"

$$\lim_{n \to \infty} a_2 = \lim_{n \to \infty} \frac{1}{2!}\left(1 - \frac{1}{n} \right) \quad \text{由第 152 页的（★）得知}$$

$$= \frac{1}{2!} \quad \text{因为 } n \to \infty \text{ 时，} \frac{1}{n} \to 0$$

蒂蒂："这表示 a_2 的极限值为 $\frac{1}{2!}$ 吗?"

我："没错。同理，a_3 的极限值也能这样计算。"

$$\lim_{n \to \infty} a_3 = \lim_{n \to \infty} \frac{1}{3!}\left(1 - \frac{3}{n} + \frac{2}{n^2} \right) \quad \text{由第 153 页的（☆）得知}$$

$$= \frac{1}{3!}$$

蒂蒂："学长！我也发现规律了！a_2 的极限值为 $\frac{1}{2!}$，a_3 的极限值为 $\frac{1}{3!}$，所以 a_k 的极限值肯定为 $\frac{1}{k!}$！"

我："好像是这样的。我们来讨论 a_k 吧！"

$$\lim_{n \to \infty} a_k = \lim_{n \to \infty} \frac{(n-0)(n-1)(n-2)(n-3)\cdots(n-k+1)}{k!n^k}$$

我："分子的展开式是以 n^k 为首的 k 次多项式，所以除以分母的 n^k，式子会变为 $1+\dfrac{1}{n}$ 的幂的有限和的形式。也就是……"

蒂蒂："是……"

$$\lim_{n \to \infty} a_k = \lim_{n \to \infty} \frac{1}{k!} \cdot (1+\frac{1}{n} \text{ 的幂的有限和 })$$

$$= \frac{1}{k!}$$

我："这样就达到我们的目标了。"

$$\lim_{n \to \infty} e_n = \lim_{n \to \infty}\left(1+\frac{1}{n}\right)^n = \lim_{n \to \infty} a_0 + \lim_{n \to \infty} a_1 + \lim_{n \to \infty} a_2 + \lim_{n \to \infty} a_3 + \lim_{n \to \infty} a_4 + \cdots$$

$$= 1+1+\frac{1}{2!}+\frac{1}{3!}+\frac{1}{4!}+\cdots$$

$$= \frac{1}{0!}+\frac{1}{1!}+\frac{1}{2!}+\frac{1}{3!}+\frac{1}{4!}+\cdots$$

蒂蒂："真的诶！"

米尔迦："真的是这样？"

蒂蒂："哇！米尔迦学姐！"

我的同班同学、才女米尔迦"窥探"着蒂蒂笔记本。她是从什么时候开始看的啊？

米尔迦："蒂蒂，你的问题是什么？"

> **问题 2（收敛或发散）**
>
> 某数列的一般项为
>
> $$e_n = \left(1 + \frac{1}{n}\right)^n$$
>
> 当 $n \to \infty$ 时，数列会收敛吗？

蒂蒂："我的问题是这个……"

米尔迦："嗯……你们算的结果是正确的。"

$$\lim_{n\to\infty}\left(1 + \frac{1}{n}\right)^n = \frac{1}{0!} + \frac{1}{1!} + \frac{1}{2!} + \frac{1}{3!} + \frac{1}{4!} + \cdots$$

米尔迦："但是，有两个奇怪的地方。首先是你的式子变形，从

$$\lim_{n\to\infty}a_0 + \lim_{n\to\infty}a_1 + \lim_{n\to\infty}a_2 + \lim_{n\to\infty}a_3 + \lim_{n\to\infty}a_4 + \cdots \text{ 推导到 } 1 + 1 + \frac{1}{2!} + \frac{1}{3!} + \frac{1}{4!} + \cdots$$

这里有点奇怪。a_k 里包含了 n，所以 a_k 应该写成 $a_{n,k}$ 才更清楚。这里该求的极限为

$$\lim_{n\to\infty}(a_{n,0} + a_{n,1} + \cdots + a_{n,n})$$

但你计算的是

$$\lim_{m\to\infty}\left(\lim_{n\to\infty}a_{n,0} + \lim_{n\to\infty}a_{n,1} + \cdots + \lim_{n\to\infty}a_{n,m}\right)$$

一般来说，这个问题相当严重。"

我："原来如此……那另外一个奇怪的地方是什么？"

米尔迦："另外一个地方就是，你们所推导出的无限级数 $\frac{1}{0!} + \frac{1}{1!} + \frac{1}{2!} + \frac{1}{3!} + \frac{1}{4!} + \cdots$ 是否收敛，你们没有确认这点。"

我："嗯，若不证明这个式子是否收敛，我们就不能说 $\lim\limits_{n\to\infty} e_n$ 收敛……"

米尔迦："我们来重新讨论 e_n 收敛吧。"

5.6 极限的问题

米尔迦："我们来讨论 $e_n = \left(1 + \dfrac{1}{n}\right)^n$ 是否收敛吧，利用'单调递增数列有上界，则数列收敛'。证明的步骤如下。"

证明的步骤

证明下面的数列 $\langle e_n \rangle$ 在 $n \to \infty$ 时收敛。

$$e_n = \left(1 + \frac{1}{n}\right)^n$$

我们必须证明①和②。

① 数列 $\langle e_n \rangle$ 单调递增。

也就是说，对任意 $n = 1, 2, 3, \cdots$，下式都成立。

$$e_n < e_{n+1}$$

---

② 数列 $\langle e_n \rangle$ 有上界。

也就是说，对任意 $n=1, 2, 3, \cdots$，存在与 n 无关的常数 A，

使下式成立。

$$e_n \leqslant A$$

5.7 ① 数列 $\langle e_n \rangle$ 单调递增

米尔迦："首先，用二项式定理证明 e_n 为单调递增数列。令 $e_n = \left(1+\dfrac{1}{n}\right)^n$ 展开式的各项为 $a_0, a_1, a_2, \cdots, a_n$。"

蒂蒂："a_k 是刚刚计算的这个吗？"

$$a_k = \frac{(n-0)(n-1)(n-2)(n-3)\cdots(n-k+1)}{k!\,n^k} \quad （根据第 150 页）$$

米尔迦："这个式子可以这样变形。"

$$
\begin{aligned}
a_k &= \frac{(n-0)(n-1)(n-2)(n-3)\cdots(n-k+1)}{k!\,n^k} \\
&= \frac{1}{k!} \cdot \frac{(n-0)(n-1)(n-2)(n-3)\cdots(n-k+1)}{n^k} \\
&= \frac{1}{k!} \cdot \frac{\overbrace{(n-0)\cdot(n-1)\cdot(n-2)\cdot(n-3)\cdots(n-k+1)}^{k\,项相乘}}{\underbrace{n\cdot n\cdot n\cdot n\cdots n}_{k\,个\,n\,相乘}}
\end{aligned}
$$

$$= \frac{1}{k!} \cdot \frac{n-0}{n} \cdot \frac{n-1}{n} \cdot \frac{n-2}{n} \cdot \frac{n-3}{n} \cdots \frac{n-k+1}{n}$$

$$= \frac{1}{k!} \cdot 1 \cdot \left(1-\frac{1}{n}\right) \cdot \left(1-\frac{2}{n}\right) \cdot \left(1-\frac{3}{n}\right) \cdots \left(1-\frac{k-1}{n}\right)$$

$$= \frac{1}{k!}\left(1-\frac{1}{n}\right)\left(1-\frac{2}{n}\right)\left(1-\frac{3}{n}\right) \cdots \left(1-\frac{k-1}{n}\right)$$

我："原来如此，让 a_k 维持积的形式。"

$$a_k = \frac{1}{k!}\left(1-\frac{1}{n}\right)\left(1-\frac{2}{n}\right) \cdots \left(1-\frac{k-1}{n}\right)$$

米尔迦："e_n 是 $a_0, a_1, \cdots, a_k, \cdots, a_n$ 的和，所以它要这样表示。"

$$
\begin{aligned}
e_n &= \left(1+\frac{1}{n}\right)^n \\
&= 1 &&\leftarrow a_0 \\
&+1 &&\leftarrow a_1 \\
&+ \frac{1}{2!}\left(1-\frac{1}{n}\right) &&\leftarrow a_2 \\
&+ \frac{1}{3!}\left(1-\frac{1}{n}\right)\left(1-\frac{2}{n}\right) &&\leftarrow a_3 \\
&+ \cdots \\
&+ \frac{1}{k!}\left(1-\frac{1}{n}\right)\left(1-\frac{2}{n}\right) \cdots \left(1-\frac{k-1}{n}\right) &&\leftarrow a_k \\
&+ \cdots \\
&+ \frac{1}{n!}\left(1-\frac{1}{n}\right)\left(1-\frac{2}{n}\right) \cdots \left(1-\frac{n-1}{n}\right) &&\leftarrow a_n
\end{aligned}
$$

蒂蒂："然后应该令 $n \to \infty$！"

米尔迦："不是哦。"

蒂蒂:"咦? 奇怪。"

米尔迦:"我们现在是想证明 e_n 单调递增, 也就是证明 $e_n < e_{n+1}$, 所以要求 e_{n+1}。将 $e_{n+1} = \left(1 + \dfrac{1}{n+1}\right)^{n+1}$ 用二项式定理展开, 令各项为 b_k。"

$$
\begin{aligned}
e_{n+1} &= \left(1 + \frac{1}{n+1}\right)^{n+1} \\
&= 1 && \leftarrow b_0 \\
&\quad + 1 && \leftarrow b_1 \\
&\quad + \frac{1}{2!}\left(1 - \frac{1}{n+1}\right) && \leftarrow b_2 \\
&\quad + \frac{1}{3!}\left(1 - \frac{1}{n+1}\right)\left(1 - \frac{2}{n+1}\right) && \leftarrow b_3 \\
&\quad + \cdots \\
&\quad + \frac{1}{k!}\left(1 - \frac{1}{n+1}\right)\left(1 - \frac{2}{n+1}\right)\cdots\left(1 - \frac{k-1}{n+1}\right) && \leftarrow b_k \\
&\quad + \cdots \\
&\quad + \frac{1}{n!}\left(1 - \frac{1}{n+1}\right)\left(1 - \frac{2}{n+1}\right)\cdots\left(1 - \frac{n-1}{n+1}\right) && \leftarrow b_n \\
&\quad + \frac{1}{(n+1)!}\left(1 - \frac{1}{n+1}\right)\left(1 - \frac{2}{n+1}\right)\cdots\left(1 - \frac{n}{n+1}\right) && \leftarrow b_{n+1}
\end{aligned}
$$

蒂蒂:"这个是怎么计算出来的?"

我:"因为 e_n 已经是关于 n 的式子了, 所以将 n 用 $n+1$ 替换就可以计算出来了哦, 蒂蒂。"

米尔迦:"为了证明 $e_n < e_{n+1}$, 我们必须比较各项。"

我:"原来如此, 分项单独比较 a_k 和 b_k 吗?"

米尔迦："这里要注意的是，e_n 是 a_0 到 a_n，共 $n+1$ 项；e_{n+1} 是 b_0 到 b_{n+1}，共 $n+2$ 项。"

蒂蒂："嗯……"

米尔迦："$a_0 = b_0$ 和 $a_1 = b_1$ 成立，数值都为 1。我们来比较 a_2 和 b_2。"

$$\begin{cases} a_2 = \dfrac{1}{2!}\left(1 - \dfrac{1}{n}\right) \\ b_2 = \dfrac{1}{2!}\left(1 - \dfrac{1}{n+1}\right) \end{cases}$$

我："因为 $0 < n < n+1$，所以 $\dfrac{1}{n} > \dfrac{1}{n+1}$，推得 $1 - \dfrac{1}{n} < 1 - \dfrac{1}{n+1}$，因此 $a_2 < b_2$。"

米尔迦："a_3 和 b_3 的比较方法也是相同的。"

$$\begin{cases} a_3 = \dfrac{1}{3!}\left(1 - \dfrac{1}{n}\right)\left(1 - \dfrac{2}{n}\right) \\ b_3 = \dfrac{1}{3!}\left(1 - \dfrac{1}{n+1}\right)\left(1 - \dfrac{2}{n+1}\right) \end{cases}$$

我："嗯，的确是 $a_3 < b_3$。"

米尔迦："一直到 a_n 和 b_n 的比较都是相同的方法。"

$$\begin{cases} a_n = \dfrac{1}{n!}\left(1 - \dfrac{1}{n}\right)\left(1 - \dfrac{2}{n}\right)\cdots\left(1 - \dfrac{n-1}{n}\right) \\ b_n = \dfrac{1}{n!}\left(1 - \dfrac{1}{n+1}\right)\left(1 - \dfrac{2}{n+1}\right)\cdots\left(1 - \dfrac{n-1}{n+1}\right) \end{cases}$$

米尔迦："比较后可知 $a_n < b_n$。虽然没有 a_{n+1}，但 $b_{n+1} > 0$，这也可

帮助证明 $e_n < e_{n+1}$。"

我："嗯，每项都可以说是 $a_k \leqslant b_k$。"

$$a_0 = b_0$$
$$a_1 = b_1$$
$$a_2 < b_2$$
$$a_3 < b_3$$
$$\vdots$$
$$a_n < b_n$$
$$0 < b_{n+1} \quad （没有 a_{n+1} 这项）$$

米尔迦："将两边各项相加，推得 $e_n < e_{n+1}$，证明了数列 $\langle\, e_n \,\rangle$ 单调递增。"

---

① 数列 $\langle\, e_n \,\rangle$ 单调递增。

5.8　② 数列 $\langle e_n \rangle$ 有上界

我："剩下步骤②。"

米尔迦："对，只要再证明数列 $\langle\, e_n \,\rangle$ 有上界，就能说明这个数列收敛。"

问题 3（上界）

令 $e_n = \left(1 + \dfrac{1}{n}\right)^n$，对任意正整数 n，是否存在与 n 无关的常数 A（A 为上界），使下式成立？

$$e_n \leqslant A$$

米尔迦："这题简单，只要将 a_k 中的 $\dfrac{1}{n}$ 全部替换成 0，便能得出下面的不等式。"

$$a_k = \frac{1}{k!}\left(1-\frac{1}{n}\right)\left(1-\frac{2}{n}\right)\cdots\left(1-\frac{k-1}{n}\right)$$

$$\leqslant \frac{1}{k!}(1-0)(1-0)\cdots(1-0)$$

$$= \frac{1}{k!}$$

我："原来如此。若知道 $a_k \leqslant \dfrac{1}{k!}$，后面只需要将 $k=0, 1, 2, \cdots, n$ 代入求和，便可推算出有关 e_n 的不等式。"

$$a_0 + a_1 + a_2 + \cdots + a_n \leqslant \frac{1}{0!} + \frac{1}{1!} + \frac{1}{2!} + \cdots + \frac{1}{n!}$$

$$e_n \leqslant \frac{1}{0!} + \frac{1}{1!} + \frac{1}{2!} + \cdots + \frac{1}{n!}$$

米尔迦："因为是要寻找 e_n 的上界，所以我们要往大估计不等式右边的 $\dfrac{1}{k!}$，也就是要往小估计 $k!$。$k!$ 是个很大的数，所以

　　不难找。"

我："我想想……2^k 可以吗?"

米尔迦："看来这题太简单了。"

蒂蒂："学长学姐,等一下啦! 别丢下我一个人啊!"

我："你应该知道我们现在要证明什么吧? 蒂蒂。"

蒂蒂："是,我知道。我们要求 $e_n \leqslant A$ 中的 A 吗?"

我："没错,只要证明常数 A 存在就可以了,当然实际求出具体的数值也是可以的。"

米尔迦："蒂蒂,你知道他为什么要说'常数'吗?"

蒂蒂："咦……常数……就是常数啊!"

米尔迦："满足 $e_n \leqslant A$ 的 A 必须不受 n 的影响,即使 n 的值不同,A 的值也不可以改变。A 的值如果改变,那 A 就不是上界了。"

蒂蒂："是的……这个我没问题,我没有误解。我感到困惑的是,学长学姐从讲出 $k!$、2^k 开始……就越讲越难懂。"

米尔迦："嗯……"

我："蒂蒂,我们现在是要找 e_n 的上界,也就是找满足 $e_n \leqslant A$ 的常数 A,而我们稍微放宽了条件,换成寻找满足 $\dfrac{1}{0!} + \dfrac{1}{1!} + \dfrac{1}{2!} + \cdots + \dfrac{1}{n!} \leqslant A$ 的 A,其中 A 是不受 n 值影响的常数。"

满足下面条件的常数 A 存在吗？

$$e_n \leq \frac{1}{0!} + \frac{1}{1!} + \frac{1}{2!} + \cdots + \frac{1}{n!} \leq A$$

蒂蒂："放宽条件？"

我："嗯，因为我觉得比起寻找满足 $e_n \leq A$ 的 A，寻找满足 $\frac{1}{0!} + \frac{1}{1!} + \frac{1}{2!} + \cdots + \frac{1}{n!} \leq A$ 的 A 会比较简单。这个想法的灵感来自于米尔迦。"

蒂蒂："那个……'我觉得这样比较简单'的直觉要怎么培养呢？"

我："这不是直觉那种夸张的能力啦，只是通过练习熟能生巧。将不等式任意变形，碰到想证明 $x \leq y$ 的问题时，我们会在这两个数之间寻找一个 m。然后，只要能证明 $x \leq m$、$m \leq y$，就相当于证明了 $x \leq y$……我想灵感就是来自于这样的经验吧。"

蒂蒂："这样啊，靠练习和经验……"

我："我和米尔迦会讨论出 $k!$、2^k 这些数，就是为了寻找满足 $\frac{1}{0!} + \frac{1}{1!} + \frac{1}{2!} + \cdots + \frac{1}{n!} \leq A$ 的 A，往大估计 $\frac{1}{k!}$，找出满足 $\frac{1}{k!} \leq A_k$ 的 A_k 的数值。"

蒂蒂："'往大估计'是指什么？"

我："就是找出 $\frac{1}{k!} \leq A_k$ 中的 A_k，接着思考 A_k 能否写成 $\frac{1}{2^k}$ 的形式。"

蒂蒂："这也是靠练习和经验得来的灵感？"

我："没错，但这算是'知识'吧，讨论 $k!$、2^k 大小关系的知识。"

米尔迦："还有 $\dfrac{1}{2^k}$ 比较容易求和的知识哦。"

蒂蒂："这样啊，靠练习、经验和知识……"

米尔迦："我们继续讨论数学吧，这样就能得到关于 $k!$ 和 2^k 的不等式。"

$$
\begin{aligned}
1! &= 1 & &= 1 & &= 2^0 \\
2! &= 2 \times 1 & &= 2 \times 1 & &= 2^1 \\
3! &= 3 \times 2 \times 1 & &> 2 \times 2 \times 1 & &= 2^2 \\
4! &= 4 \times 3 \times 2 \times 1 & &> 2 \times 2 \times 2 \times 1 & &= 2^3 \\
5! &= 5 \times 4 \times 3 \times 2 \times 1 & &> 2 \times 2 \times 2 \times 2 \times 1 & &= 2^4 \\
& & &\vdots \\
k! &= k \times (k-1) \times \cdots \times 2 \times 1 & &> 2 \times 2 \times 2 \times \cdots \times 2 \times 1 & &= 2^{k-1}
\end{aligned}
$$

米尔迦："$k! \geqslant 2^{k-1}$ 取倒数，变为 $\dfrac{1}{k!} \leqslant \dfrac{1}{2^{k-1}}$，再代入 $k = 1, 2, \cdots, n$，求所有项的和。"

$$
\frac{1}{1!} + \frac{1}{2!} + \cdots + \frac{1}{n!} \leqslant \frac{1}{2^0} + \frac{1}{2^1} + \cdots + \frac{1}{2^{n-1}}
$$

$$
1 + \frac{1}{1!} + \frac{1}{2!} + \cdots + \frac{1}{n!} \leqslant 1 + \frac{1}{2^0} + \frac{1}{2^1} + \cdots + \frac{1}{2^{n-1}}
$$

我："左边为 e_n，右边为等比级数的和，作为 e_n 的上界。"

$$
1 + \frac{1}{2^0} + \frac{1}{2^1} + \cdots + \frac{1}{2^{n-1}} \leqslant 1 + \frac{1}{2^0} + \frac{1}{2^1} + \cdots + \frac{1}{2^{n-1}} + \cdots
$$

$$
e_n \leqslant 1 + \frac{1}{1 - \dfrac{1}{2}} \qquad \text{等比级数的和}
$$

$$
e_n \leqslant 3
$$

米尔迦："推导得到 $e_n \le 3$。"

我："这就是上界。"

解答 3（上界）

令 $e_n = \left(1 + \dfrac{1}{n}\right)^n$，对任意正整数 n，存在与 n 无关的常数 A，使下式成立。

$$e_n \le A$$

例如，$e_n \le 3$。

米尔迦："至此，我们证明了下面这两点。"

① 数列 $\langle\, e_n \,\rangle$ 单调递增。（第 161 页）

② 数列 $\langle\, e_n \,\rangle$ 有上界。（第 166 页）

米尔迦："因此，数列 $\langle\, e_n \,\rangle$ 收敛。好，终于告一段落了。"

解答 2（收敛或发散）

某数列的一般项为

$$e_n = \left(1 + \dfrac{1}{n}\right)^n$$

当 $n \to \infty$ 时，数列会收敛。

我："米尔迦同学。当 $n \to \infty$ 时，$e_n \to e$，这个极限值 e 就是自然
　　对数的底数吧？"

米尔迦："对，e 也被称为欧拉常数。"

以数列的极限表示 e

$$e = \lim_{n \to \infty} \left(1 + \frac{1}{n} \right)^n$$

米尔迦："这个 e 的值等于 $\dfrac{1}{0!} + \dfrac{1}{1!} + \dfrac{1}{2!} + \cdots$"

以无限级数表示 e

$$e = \frac{1}{0!} + \frac{1}{1!} + \frac{1}{2!} + \frac{1}{3!} + \cdots$$
$$= \sum_{k=0}^{\infty} \frac{1}{k!}$$

米尔迦："e 的值为 2.71828…，无限延续下去。它和圆周率 π 相
　　同，没有办法以整数比表示，是无理数。"

以小数表示 e

$$e = 2.718281828459045235360287471352\ldots$$

我："$\left(\dfrac{n+1}{n}\right)^n$ 的'除法乘法大乱斗'最后是除法胜出哦，蒂蒂。

当 $n \to \infty$ 时，$\left(\dfrac{n+1}{n}\right)^n$ 会收敛到自然对数的底数 e。"

蒂蒂："好的……我还需要更多的'经验、知识和练习'，加油！"

5.9 指数函数 e^x

米尔迦："不过这个式子真有趣。"

$$\frac{1}{0!} + \frac{1}{1!} + \cdots + \frac{1}{n!} + \cdots$$

米尔迦："以这个式子为基础，我们来讨论函数 e^x 吧。"

$$e^x = \frac{x^0}{0!} + \frac{x^1}{1!} + \cdots + \frac{x^n}{n!} + \cdots$$

米尔迦："这个函数的各项可分别对 x 微分……"

$$
\begin{aligned}
(e^x)' &= \left(\frac{x^0}{0!} + \frac{x^1}{1!} + \cdots + \frac{x^n}{n!} + \cdots \right)' \\
&= 0 + \frac{x^0}{0!} + \frac{x^1}{1!} + \cdots + \frac{x^n}{n!} + \cdots \\
&= \frac{x^0}{0!} + \frac{x^1}{1!} + \cdots + \frac{x^n}{n!} + \cdots \\
&= e^x
\end{aligned}
$$

米尔迦："也就是说，e^x 可以微分好几次。微分后，函数形式不变。这是指数函数 e^x 的特征。"

$$\mathrm{e}^x \xrightarrow{\text{对 } x \text{ 微分}} \mathrm{e}^x \xrightarrow{\text{对 } x \text{ 微分}} \mathrm{e}^x \xrightarrow{\text{对 } x \text{ 微分}} \cdots$$

我："这也是复利计算（年利息为本金的 x 倍、计息 n 次）的极限。"

$$\mathrm{e}^x = \lim_{n\to\infty}\left(1 + \frac{x}{n}\right)^n$$

蒂蒂："我还需要更多的'经验、练习和知识'……"

瑞谷老师："放学时间到。"

今天的数学对话结束了。

但是，我们的"微分学习之旅"还会继续下去。

"——如何才能抓住人类的改变呢？"

第 5 章的问题

●问题 5-1（数列的极限）

试举出当 $n \to \infty$ 时，既不向正无限大发散，也不向负无限大发散，也不收敛的数列 $\langle a_n \rangle$。

（解答在第 199 页）

●问题 5-2（数列的收敛）

证明当 $n \to \infty$ 时，下面的数列 $\langle S_n \rangle$ 会收敛。

$$S_n = \frac{1}{0!} + \frac{1}{1!} + \frac{1}{2!} + \frac{1}{3!} + \cdots + \frac{1}{n!}$$

（提示：利用第 156 页的"证明的步骤"）

（解答在第 200 页）

尾声

　　某日，某时，在数学数据室。

少女："哇！这里有好多数据！"

老师："是啊。"

少女："老师，这是什么？"

老师："你觉得是什么呢？"

少女："从 n 延伸出来的线。"

老师："这是输出自然数列 $\langle 0, 1, 2, 3, \cdots \rangle$ 的装置。"

少女："装置？"

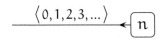

老师："嗯。你觉得这个装置是什么呢？"

少女："这是输出数列 $\langle a_0, a_1, a_2, a_3, \cdots \rangle$ 的装置？"

$$\langle a_0, a_1, a_2, a_3, \dots \rangle \longleftarrow \boxed{a_n}$$

老师："没错，也有输出数列 $\langle b_n \rangle$ 的装置。"

$$\langle b_0, b_1, b_2, b_3, \dots \rangle \longleftarrow \boxed{b_n}$$

少女："老师，这是什么？"

老师："你觉得是什么呢？"

少女："同时有输入和输出的装置？"

老师："对，从右边输入数列，再从左边输出另一个数列。"

$$\langle a_1, a_2, a_3, a_4, \dots \rangle \longleftarrow \!\!\ll\!\! \longleftarrow \langle a_0, a_1, a_2, a_3, \dots \rangle \longleftarrow \boxed{a_n}$$

少女："啊，a_0 消失了。"

老师："这是'偏移'数列的装置，下面这个也是这种装置。"

$$\langle 1, 2, 3, 4, \dots \rangle \longleftarrow \!\!\ll\!\! \longleftarrow \langle 0, 1, 2, 3, \dots \rangle \longleftarrow \boxed{n}$$

少女："输入 $\langle 0, 1, 2, 3, \dots \rangle$，再输出 $\langle 1, 2, 3, 4, \dots \rangle$？"

老师："没错，第一项消失了。"

少女："老师，这是什么？"

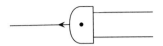

老师："你觉得是什么呢?"

少女："这次有两个输入诶——是乘法计算吗?"

老师："没错,此装置的名称为'积'。"

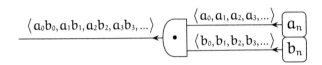

少女："数列各项的积?"

先生："没错。"

少女："老师,这是什么?"

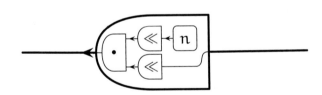

老师："你觉得是什么呢?"

少女："这个装置可以得到将自然数列'偏移'的数列与输入数列

的'积'?"

老师："输入 $\langle 5, 3, 1, 0, 0, \cdots \rangle$,会输出 $\langle 3, 2, 0, 0, \cdots \rangle$。"

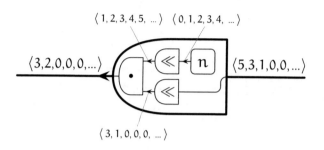

少女："老师，这个装置的名称是什么？"

老师："这是'微分'。"

少女："'微分'？"

老师："将函数 $5+3x+x^2$ 的系数看作数列 $\langle 5, 3, 1, 0, 0, \cdots \rangle$，而将函数 $3+2x$ 的系数看作数列 $\langle 3, 2, 0, 0, \cdots \rangle$，$5+3x+x^2$ 对 x 微分，的确是 $3+2x$。"

少女："不是 x^2+3x+5，而是 $5+3x+x^2$ 吗？"

老师："因为我们想处理无限数列。举例来说，指数函数 e^x 可表示成这样。"

$$e^x = \frac{x^0}{0!} + \frac{x^1}{1!} + \frac{x^2}{2!} + \frac{x^3}{3!} + \cdots$$

少女："……"

老师："将这个数列用 $\langle E_n \rangle$ 表示，就像这样。"

$$\langle E_n \rangle = \left\langle \frac{1}{0!}, \frac{1}{1!}, \frac{1}{2!}, \frac{1}{3!}, \cdots \right\rangle$$

少女："系数的数列……"

老师："将 $\langle E_n \rangle$ 输入'微分'——"

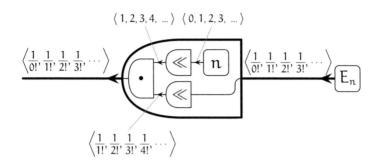

少女："什么都没有变，老师。"

老师："指数函数 e^x 对 x 微分，仍然是 e^x，没有变化。"

少女："哇！"

老师："$\sin x$ 可表示成下面的数列 $\langle S_n \rangle$。"

$$\langle S_n \rangle = \left\langle 0, \frac{+1}{1!}, 0, \frac{-1}{3!}, 0, \frac{+1}{5!}, 0, \frac{-1}{7!}, \cdots \right\rangle$$

老师："将这个数列输入'微分'，会变成什么呢？"

$$\langle 1, 2, 3, 4, 5, 6, 7, 8, \ldots \rangle \quad \langle 0, 1, 2, 3, 4, 5, 6, 7, \ldots \rangle$$

$$\left\langle \frac{+1}{0!}, 0, \frac{-1}{2!}, \frac{+1}{4!}, 0, \frac{-1}{6!}, 0, \cdots \right\rangle \quad \boxed{\ll} \leftarrow \boxed{n} \quad \left\langle 0, \frac{+1}{1!}, 0, \frac{-1}{3!}, 0, \frac{+1}{5!}, 0, \frac{-1}{7!}, \cdots \right\rangle \quad \boxed{S_n}$$

$$\left\langle \frac{+1}{1!}, 0, \frac{-1}{3!}, 0, \frac{+1}{5!}, 0, \frac{-1}{7!}, 0, \cdots \right\rangle$$

少女: "结果是输出了 $\cos x$ 对应的数列 $\langle\, C_n \,\rangle$!"

$$\langle C_n \rangle = \left\langle \frac{+1}{0!},\ 0,\ \frac{-1}{2!},\ 0,\ \frac{+1}{4!},\ 0,\ \frac{-1}{6!},\ 0,\ \cdots \right\rangle$$

少女说完, 呵呵地笑了。

解　答

ANSWERS

第 1 章的解答

●问题 1−1（位置关系图）

下图为点 P 在直线上运动，时刻 t 与位置 x 的关系图如下。

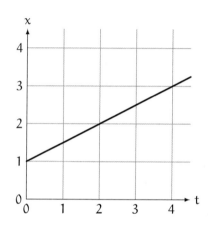

① 求时刻 $t=1$ 时的位置 x。

② 求位置 $x=3$ 时的时刻 t。

③ 假设点 P 持续相同的运动，求位置 $x=100$ 时的时刻 t。

④ 画出点 P 的速度关系图。

■解答 1−1

① 点 P 在时刻 $t=1$ 的位置 x，可由下图读出。

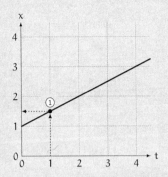

答：$x=1.5$（或 $x=\dfrac{3}{2}$ ）。

② 点 P 到达位置 $x=3$ 的时刻 t，可由下图读出。

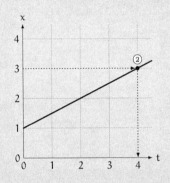

答：$t=4$。

③ 因为位置关系图的斜率为 $\dfrac{1}{2}$，所以点 P 是在做速度为 $v=\dfrac{1}{2}$ 的匀速运动。由速度的定义可知：

$$速度=\frac{变化后的位置-变化前的位置}{变化后的时刻-变化前的时刻}$$

所以，可利用此式子来求目标时间。将"变化前的时刻"代入 0、

"变化前的位置"代入 1、"变化后的位置"代入 100、"变化后的时刻"代入 t，得到下面的式子：

$$\frac{1}{2} = \frac{100-1}{t-0}$$

用这个式子来求时刻 t：

$\frac{1}{2} = \frac{100-1}{t-0}$　由速度的定义

$\frac{1}{2} = \frac{99}{t}$　计算分母、分子

$\frac{t}{2} = 99$　两边同乘 t

$t = 198$　两边同乘 2

答：$t = 198$。

④ 点 P 做速度 $v = \frac{1}{2}$ 的匀速运动。速度关系图如下。

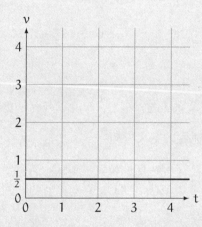

●问题 1-2（位置关系图）

下图为点 P 在直线上运动，时刻 t 与位置 x 的关系图如下。

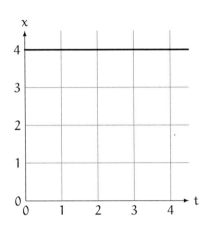

请画出点 P 的速度关系图。

■解答 1-2

点 P 在任何时刻 t，位置都不变化，维持在 x=4。也就是说，点 P 为静止不动的（静止状态）。因此，速度维持在 v=0，速度关系图如下：

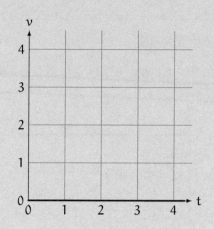

●问题 1-3（位置关系图）

下图为点 P 在直线上运动, 时刻 t 与位置 x 的关系图如下。

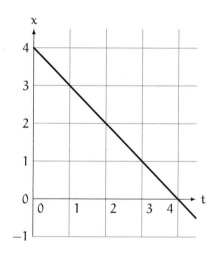

请画出点 P 的速度 v 关系图。

■解答 1-3

时间 t 每变化 1，点 P 的位置 x 就变化 -1。也就是说，点 P 正在做 $v=-1$ 的匀速运动。速度关系图如下：

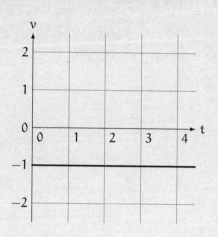

第 2 章的解答

●问题 2−1（判读位置关系图）

直线上动点的"位置关系图"如下 (A)~(F) 所示，判断各点在做什么样的运动？请选择选项①~④。

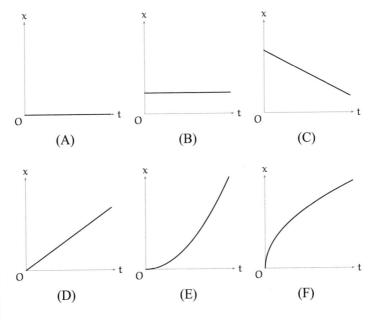

(A)　　　(B)　　　(C)

(D)　　　(E)　　　(F)

选项

① 静止（速度维持在 0 ）

② 匀速运动（速度固定但不为 0 ）

③ 逐渐变快（速度为正且逐渐增加）

④ 逐渐变慢（速度为正但逐渐减少）

■解答 2-1

(A) 位置维持在 $x=0$ 没有变化，所以此点为静止状态（①）。

(B) 位置维持在 $x>0$ 没有变化，所以此点和 (A) 相同，为静止状态（①）。

(C) 随着时间增加，位置以固定的比例减少，所以此点在做匀速运动，点的速度为负（②）。

(D) 随着时间增加，位置以固定的比例增加，所以此点在做匀速运动，速度为正（②）。

(E) 随着时间增加，位置增加且增加得越来越多，所以此点的速度逐渐变快（③）。

(F) 随着时间增加，位置增加，但增加得越来越少，所以此点的速度逐渐变慢（④）。

答：(A)①。　(B)①。　(C)②。

(D)②。　(E)③。　(F)④。

●问题 2-2（求速度）

第 2 章，我们得知若点 P 在时刻 t 的位置 x 为

$$x = t^2$$

则它在时刻 t 的速度 v 为

$$v = 2t$$

那么若点 P 在时刻 t 的位置 x 为

$$x = t^2 + 5$$

则它在时刻 t 的速度 v 数学式是什么？

■解答 2-2

首先，根据定义来计算时刻从 t 变成 $t+h$ 对应的速度。

$$速度 = \frac{位置的变化}{时间的变化}$$

$$= \frac{变化后的位置 - 变化前的位置}{变化后的时刻 - 变化前的时刻}$$

$$= \frac{((t+h)^2+5)-(t^2+5)}{(t+h)-t}$$

$$= \frac{(t^2+2th+h^2+5)-(t^2+5)}{h}$$

$$= \frac{t^2+2th+h^2+5-t^2+5}{h}$$

$$= \frac{2th+h^2}{h}$$

$$= 2t+h$$

推出速度为 $2t+h$，当时间的变化 h 逼近 0，得到在时刻 t 的速度 $v=2t$。

答：$v=2t$。

补充：由这个答案可知，位置 $x=t^2$ 和位置 $x=t^2+5$ 对应的速度同为 $v=2t$。由计算可知，对于一般化的位置 $x=t^2+a$，速度同样是 $v=2t$。式子中的 a 表示时刻 $t=0$ 时的位置，所以我们知道，速度不受时刻 $t=0$ 时的位置影响。

第 3 章的解答

●问题 3-1（杨辉三角形）

请写出杨辉三角形。

■解答 3-1

将相邻两数相加，产生下方的数，即可写出杨辉三角形。写到第 9 行的例子如下图所示：

$$
\begin{array}{ccccccccc}
 & & & & 1 & & & & \\
 & & & 1 & & 1 & & & \\
 & & 1 & & 2 & & 1 & & \\
 & 1 & & 3 & & 3 & & 1 & \\
1 & & 4 & & 6 & & 4 & & 1 \\
\end{array}
$$

1
1　1
1　2　1
1　3　3　1
1　4　6　4　1
1　5　10　10　5　1
1　6　15　20　15　6　1
1　7　21　35　35　21　7　1
1　8　28　56　70　56　28　8　1

杨辉三角形

另外，将杨辉三角形向左对齐，即可得到如下的"组合数表"$\begin{pmatrix} n \\ k \end{pmatrix}$。

					k				
		0	1	2	3	4	5	6	7	8
	0	1								
	1	1	1							
	2	1	2	1						
	3	1	3	3	1					
n	4	1	4	6	4	1				
	5	1	5	10	10	5	1			
	6	1	6	15	20	15	6	1		
	7	1	7	21	35	35	21	7	1	
	8	1	8	28	56	70	56	28	8	1

组合数 $\binom{n}{k}$ 表

●问题 3-2（函数 x^4 的微分）

求函数 x^4 对 x 微分的导函数。

（请计算 x 变化到 $x+h$ 时的 "x^4 的平均变化率"，说明 h 逼近 0 的情形。）

■解答 3-2

首先，计算 x 变化到 $x+h$ 的 "x^4 的平均变化率"。

$$x^4 \text{ 的平均变化率} = \frac{x^4 \text{ 的变化}}{x \text{ 的变化}}$$

$$= \frac{\text{变化后 } x^4 \text{ 的值} - \text{变化前 } x^4 \text{ 的值}}{\text{变化后 } x \text{ 的值} - \text{变化前 } x \text{ 的值}}$$

$$= \frac{(x+h)^4 - (x)^4}{(x+h) - (x)}$$

$$= \frac{(x+h)^4 - x^4}{h} \quad \text{计算分母}$$

$$= \frac{1}{h}\{(x+h)^4 - x^4\}$$

$$= \frac{1}{h}\left(1x^4h^0 + 4x^3h^1 + 6x^2h^2 + 4x^1h^3 + 1x^0h^4 - x^4\right)$$

$$= \frac{1}{h}\left(x^4 + 4x^3h + 6x^2h^2 + 4xh^3 + h^4 - x^4\right)$$

$$= \frac{1}{h}\left(4x^4h + 6x^2h^2 + 4xh^3 + h^4\right) \quad x^4 \text{ 相减后消去}$$

$$= 4x^3 + 6x^2h + 4xh^2 + h^3$$

当 h 逼近 0 时，"x^4 的平均变化率" 会逼近 $4x^3$。因此，x^4 对 x 微分所得的导函数为 $4x^3$。

答：导函数为 $4x^3$。

● 问题 3-3（速度与位置）

某点在直线上运动，其速度为时刻 t 的函数 $4t^3$。此时，我们可以说该点的位置为时刻 t 函数 t^4 吗？

■解答 3-3

不行，该点的位置函数不一定为 t^4。

比如，$t=0$ 时，该点的位置为 1，则该点的位置可表示为

$$t^4+1$$

也就是 t 的函数。在这样的情况下，速度也是 $4t^3$。一般地，点的位置为

$$t^4+a\ （a\ 为不受\ t\ 影响的常数）$$

此时速度都为 $4t^3$。

第 4 章的解答

●问题 4-1（360 的因数）

前文提到，360 有很多因数。求 360 所有的因数。

（360 的因数是能够整除 360，且大于 0 的整数。）

■解答 4-1

将 360 依次除以 1, 2, 3,……计算是否整除，便能找出所有因数。请注意，整除的答案（商）也是因数，如 (1,360), (2,180), (3,120)……等，可以找到两两一组的因数。

将 360 依次除以 1, 2, 3,……(18,20) 因数组的下一个是 (20,18)，接下来出现的所有因数组都是已出现过的因数组中两数顺序交换的组合，所以不必再算一次。

360 的因数如下，这边里同组的两数上下排列。

1	2	3	4	5	6	8	9	10	12	15	18
360	180	120	90	72	60	45	40	36	30	24	20

注意：求 $9=3^2$ 这类平方数的因数时，会有因数组中的两数相同的情形。

另解

将 360 做质因数分解:

$$360 = 2^3 \times 3^2 \times 5^1$$

(质因数为 2, 3, 5), 因此 360 的因数可表示成

$$2^a \times 3^b \times 5^c$$

$$\begin{cases} a = 0, 1, 2, 3 \\ b = 0, 1, 2 \\ c = 0, 1 \end{cases}$$

找出满足此条件的 (a, b, c) 的所有组合, 就能求出 360 的所有因数。

a	b	c	因数
0	0	0	$2^0 \times 3^0 \times 5^0 = 1$
1	0	0	$2^1 \times 3^0 \times 5^0 = 2$
2	0	0	$2^2 \times 3^0 \times 5^0 = 4$
3	0	0	$2^3 \times 3^0 \times 5^0 = 8$
0	1	0	$2^0 \times 3^1 \times 5^0 = 3$
1	1	0	$2^1 \times 3^1 \times 5^0 = 6$
2	1	0	$2^2 \times 3^1 \times 5^0 = 12$
3	1	0	$2^3 \times 3^1 \times 5^0 = 24$
0	2	0	$2^0 \times 3^2 \times 5^0 = 9$
1	2	0	$2^1 \times 3^2 \times 5^0 = 18$
2	2	0	$2^2 \times 3^2 \times 5^0 = 36$
3	2	0	$2^3 \times 3^2 \times 5^0 = 72$
0	0	1	$2^0 \times 3^0 \times 5^1 = 5$
1	0	1	$2^1 \times 3^0 \times 5^1 = 10$
2	0	1	$2^2 \times 3^0 \times 5^1 = 20$
3	0	1	$2^3 \times 3^0 \times 5^1 = 40$
0	1	1	$2^0 \times 3^1 \times 5^1 = 15$
1	1	1	$2^1 \times 3^1 \times 5^1 = 30$
2	1	1	$2^2 \times 3^1 \times 5^1 = 60$
3	1	1	$2^3 \times 3^1 \times 5^1 = 120$
0	2	1	$2^0 \times 3^2 \times 5^1 = 45$
1	2	1	$2^1 \times 3^2 \times 5^1 = 180$
2	2	1	$2^2 \times 3^2 \times 5^1 = 180$
3	2	1	$2^3 \times 3^2 \times 5^1 = 360$

● 问题 4-2（多项式函数的微分）

请将下列函数对 x 微分两次。

① $3x^2 + 4x + 3$

② $2x^3 - x^2 - 3x - 5$

③ $\dfrac{1}{0!} + \dfrac{x^1}{1!} + \dfrac{x^2}{2!} + \dfrac{x^3}{3!} + \dfrac{x^4}{4!} + \cdots + \dfrac{x^{100}}{100!}$

（定义 $n! = n(n-1)\cdots 2 \times 1$，$0! = 1$）

■ 解答 4-2

① 各项之和的微分等于将各项的微分之和。

$$3x^2 + 4x + 3 \xrightarrow{\ \text{对}x\text{微分}\ } 6x + 4$$

$$6x + 4 \xrightarrow{\ \text{对}x\text{微分}\ } 6$$

答：6。

②

$$2x^3 - x^2 - 3x - 5 \xrightarrow{\ \text{对}x\text{微分}\ } 6x^2 - 2x - 3$$

$$6x^2 - 2x - 3 \xrightarrow{\ \text{对}x\text{微分}\ } 12x - 2$$

答：$12x - 2$。

③ 首先，计算一般项 $\dfrac{x^n}{n!}$ 的微分。当 $n \geqslant 1$ 时，$\dfrac{x^n}{n!} = \dfrac{x^n}{n \times (n-1)!}$，注意分母出现的 n。

$$\dfrac{x^n}{n!} \xrightarrow{\text{对} x \text{微分}} \dfrac{nx^{n-1}}{n!} = \dfrac{nx^{n-1}}{n \times (n-1)} = \dfrac{x^{n-1}}{(n-1)!}$$

也就是说，当 $n \geqslant 1$ 时，

$$\dfrac{x^n}{n!} \xrightarrow{\text{对} x \text{微分}} \dfrac{x^{n-1}}{(n-1)!}$$

$$\dfrac{1}{0!} + \dfrac{x^1}{1!} + \dfrac{x^2}{2!} + \dfrac{x^3}{3!} + \dfrac{x^4}{4!} + \cdots + \dfrac{x^{100}}{100!}$$

$$\xrightarrow{\text{对} x \text{微分}} 0 + \dfrac{1}{0!} + \dfrac{x^1}{1!} + \dfrac{x^2}{2!} + \dfrac{x^3}{3!} + \cdots + \dfrac{x^{99}}{99!}$$

$$\dfrac{1}{0!} + \dfrac{x^1}{1!} + \dfrac{x^2}{2!} + \dfrac{x^3}{3!} + \cdots + \dfrac{x^{99}}{99!}$$

$$\xrightarrow{\text{对} x \text{微分}} 0 + \dfrac{1}{0!} + \dfrac{x^1}{1!} + \dfrac{x^2}{2!} + \cdots + \dfrac{x^{98}}{98!}$$

$$= 1 + x + \dfrac{x^2}{2!} + \cdots + \dfrac{x^{98}}{98!}$$

答：$1 + x + \dfrac{x^2}{2!} + \cdots + \dfrac{x^{98}}{98!}$。

补充：将上面的答案写成

$$\dfrac{x^0}{0!} + \dfrac{x^1}{1!} + \dfrac{x^2}{2!} + \cdots + \dfrac{x^{98}}{98!}$$

这和微分前的形式相似。

● 问题 4-3（三角函数）

请回想图形，填写变化表中的空单元格。

x	0	⋯	$\dfrac{\pi}{2}$	⋯	π	⋯	$\dfrac{3\pi}{2}$	⋯	2π
$\sin x$	0	↗	1	↘	0				
$\cos x$									
$-\sin x$									
$-\cos x$									

■ 解答 4-3

如下图：

x	0	⋯	$\dfrac{\pi}{2}$	⋯	π	⋯	$\dfrac{3\pi}{2}$	⋯	2π
$\sin x$	0	↗	1	↘	0	↘	−1	↗	0
$\cos x$	1	↘	0	↘	−1	↗	0	↗	1
$-\sin x$	0	↘	−1	↗	0	↗	1	↘	0
$-\cos x$	−1	↗	0	↗	1	↘	0	↘	−1

每微分一次，图形就偏移 $\dfrac{\pi}{2}$。

第 5 章的解答

●问题 5-1（数列的极限）

试举出当 $n \to \infty$ 时，既不向正无限大发散，也不向负无限大发散，也不收敛的数列 $\langle a_n \rangle$。

■解答 5-1

例如，一般项为 $a_n = (-1)^n$ 的数列，若 n 为奇数，则 $a_n = -1$；若 n 为偶数，则 $a_n = 1$。因此，数列 $\langle a_n \rangle$ 在 $n \to \infty$ 时，既不向正无限大发散，也不向负无限大发散，也没有收敛到特定的数值。

这样的数列称为振荡数列。振荡是发散的一种。

另解

使用第 4 章出现的三角函数 $\sin x$，也可以构造出振荡数列。例如：

$$a_n = \sin \frac{n\pi}{2}$$

当 $n = 0, 1, 2, 3, 4, 5, 6, \cdots$ 时，a_n 为以下数列：

$$0, 1, 0, -1, 0, 1, 0, \cdots$$

●问题 5-2（数列的收敛）

证明当 $n \to \infty$ 时，下面的数列 $\langle S_n \rangle$ 会收敛。

$$S_n = \frac{1}{0!} + \frac{1}{1!} + \frac{1}{2!} + \frac{1}{3!} + \cdots + \frac{1}{n!}$$

（提示：利用第 156 页的"证明的步骤"）

■解答 5-2

证明以下两点。

① 数列 $\langle S_n \rangle$ 单调递增。

② 数列 $\langle S_n \rangle$ 有上界。

① 数列 $\langle S_n \rangle$ 单调递增的证明：

对 $n = 1, 2, 3, \cdots,$ $\dfrac{1}{(n+1)!} > 0$ 恒成立。

所以，由下式可推得 $S_n < S_{n+1}$，数列 $\langle S_n \rangle$ 单调递增。

$$S_n < S_n + \frac{1}{(n+1)!} = S_{n+1}$$

② 数列 $\langle S_n \rangle$ 有上界的证明：

利用第 166 页解答 3 的讨论。对 $n = 1, 2, 3, \cdots,$ 下式恒成立。

$$S_n = \frac{1}{0!} + \frac{1}{1!} + \frac{1}{2!} + \frac{1}{3!} + \cdots + \frac{1}{n!}$$

$$\leq 1 + \frac{1}{2^0} + \frac{1}{2^1} + \frac{1}{2^2} + \cdots + \frac{1}{2^{n-1}}$$

$$< 1 + + \frac{1}{2^0} + \frac{1}{2^1} + \frac{1}{2^2} + \cdots + \frac{1}{2^{n-1}} + \cdots$$

$$= 1 + \frac{1}{1 - \frac{1}{2}} \quad （等比级数和）$$

$$= 3$$

所以推得 $S_n \leq 3$，数列 $\langle S_n \rangle$ 有上界。

由上述①和②，可证明数列 $\langle S_n \rangle$ 会收敛。

献给想深入思考的你

　　除了本书的数学对话，我给想深入思考的你准备了研究问题。本书不会给出答案，而且答案可能不止一个。

　　请试着自己解题，或者找其他对这些问题感兴趣的人一起思考吧。

第 1 章　位置的变化

●研究问题 1-X1（时间）

在第 1 章，"我"称 t 为"时刻"，但"所花的时间"、"一定的时间"、"长时间"等语句则使用"时间"一词。"时刻"和"时间"有何不同？

●研究问题 1-X2（未来）

在第 1 章，"我"和由梨讨论过"一般会将未来设为正值"的理由（第 7 页）。你觉得为什么设为正值呢？

●研究问题 1-X3（圆周上的动点）

在第 1 章，我们只讨论直线上的动点。若讨论圆周上的动点，"位置"、"速度"应如何定义呢？

第 2 章　速度的变化

●研究问题 2-X1（微分和阶差数列）

在第 2 章的最后，由梨说"微分和阶差数列很像"。而数列 $a_1, a_2, a_3, \cdots$ 的阶差数列 $b_1, b_2, b_3, \cdots$ 可由下面的计算得到。

$$b_n = a_{n+1} - a_n (n = 1, 2, 3, \cdots)$$

"位置对时刻微分所得到的速度"和"从数列得到的阶差数列"，是否也有相似的地方呢？

●研究问题 2-X2（仪表盘）

汽车的仪表盘是用来测量汽车的速度吗？

●研究问题 2-X3（求不出速度的情况）

在第 2 章，我们讨论了位置 $x = t^2$ 对应的速度，使时间的变化 h 逼近 0，来求瞬时速度。不过，是否存在无法求出速度的位置的情况呢？

第3章　杨辉三角形

●研究问题 3-X1（三角形数与三角锥数）

在第3章，我们讨论了杨辉三角形中出现的"三角形数"、

"三角锥数"的图形意义。那么，三角锥数的下一个数列：

$$1, 5, 15, 35, 70, \cdots$$

其图形意义是什么？

●研究问题 3-X2（数列）

在第 3 章，蒂蒂观察了杨辉三角形各行的和。那么，下图中斜行的数之和，会是什么样的数列呢？

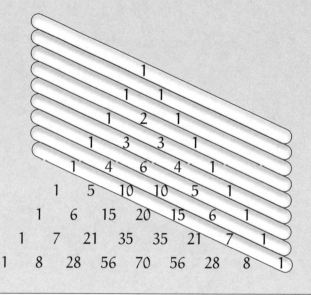

●研究问题 3-X3（规律）

将杨辉三角形中的偶数（能被 2 除尽的数）画上○的符号。你能看出什么规律？为什么是这个规律呢？此外，请你也讨论一下被 3 除尽的数、被 4 除尽的数……

第 4 章　位置、速度、加速度

●研究问题 4-X1（多次微分也无法变成常数的函数）

在第 4 章，以函数 $\sin x$ 为"多次微分也无法变成常数"的函数的例子。是否还有其他"多次微分也无法变成常数"的函数？

●研究问题 4-X2（三角函数的微分）

在第 4 章，讨论了函数 $\sin x$ 的导函数为 $\cos x$。请利用图形的"切线斜率"，求下面函数 $f(x)$ 的导函数 $f'(x)$。

$$f(x) = \sin(x + \alpha)$$

式子中的 α 为不受 x 影响的常数。

第 5 章　除法乘法大乱斗

●研究问题 5-X1（复利计算）

请调查一般的银行，存款一年的利率（年利率）为多少百分比？计算存款 n 年的存款额为本金的多少倍？

●研究问题 5-X2（自然对数底数 e 的近似值）

在第 5 章，用不同 n 值计算了下式：

$$\left(1+\frac{1}{n}\right)^n$$

请用与上面相同的 n 值计算下式：

$$\frac{1}{0!}+\frac{1}{1!}+\cdots+\frac{1}{n!}$$

后记

大家好，我是结城浩。

感谢各位阅读《数学女孩的秘密笔记：微分篇》。我们从"捕捉变化"的观点讨论到了"微分函数"，各位觉得如何呢？

本书由 cakes 网站所连载的"数学女孩的秘密笔记"第四十一回至第五十回重新编辑而成。如果你读完本书，想知道更多关于"数学女孩的秘密笔记"的内容，请一定要上这个网站。

"数学女孩的秘密笔记"系列，以平易近人的数学为题材，描述初中生由梨、高中生蒂蒂、米尔迦和"我"尽情探讨数学知识的故事。

这些角色亦活跃于另一个系列"数学女孩"中，该系列是以更深奥的数学为题材所写成的青春校园物语，也推荐给你！另外，这两个系列的英语版亦于 Bento Books 刊行。

请继续支持"数学女孩"与"数学女孩的秘密笔记"这两个系列！

日文原书使用 LATEX2 与 Euler Font（AMS Euler）排版。排版参考了奥村晴彦老师所作的《LATEX2 美文书编写入门》，绘图则使用 OmniGraffle 、TikZ 软件，以及大熊一弘先生（tDB 先生）的初等数学编辑软件 macro emath，在此表示感谢。

感谢下列各位，以及许多不具名的人们，阅读我的原稿，并提供宝贵的意见。当然，本书内容若有错误，皆为我的疏失，并非他们的责任。

浅见悠太、五十岚龙也、石宇哲也、石本龙太、稻叶一浩、上原隆平、植松弥公、内田阳一、大西健登、北川巧、木村岩、毛冢和宏、上泷佳代、坂口亚希子、高市佑贵、田中克佳、谷口亚绅、乘松明加、原五巳、藤田博司、梵天由登里（medaka-college）、前原正英、增田菜美、松浦笃史、三宅喜义、村井建、村冈佑辅、山田泰树、米田贵志。

感谢一直以来负责"数学女孩的秘密笔记"与"数学女孩"两个系列的 SB Creative 野哲喜美男总编辑。

感谢 cakes 网站的加藤贞显先生。

感谢所有支持我写作的人们。

感谢我最爱的妻子和两个儿子。

感谢阅读本书到最后的各位。

我们在下一本"数学女孩的秘密笔记"系列的下一本书中再见吧！

结城浩

版 权 声 明